Die Erzählungen des verstorbenen Iwan Petrowitsch Belkin

Frau Prostakowa:
Schon von klein auf, Väterchen,
hört er Geschichten gern.
Skotinin:
Mitrofan ist mir ähnlich.
Der Landjunker

Als wir uns um die Herausgabe der Erzählungen I. P. Belkins bemühten, die nun dem Publikum vorliegen, wünschten wir, denselben wenigstens eine kurze Lebensbeschreibung des verstorbenen Autors beizugeben und dadurch zu einem Teil die berechtigte Neugier der Liebhaber vaterländischer Literatur zu befriedigen. Zu diesem Zweck wollten wir uns an Marja Alexejewna Trafilina wenden, die nächste Verwandte und Erbin Iwan Petrowitsch Belkins; doch bedauerlicherweise war sie nicht in der Lage, uns etwas über ihn mitzuteilen, da sie den Verstorbenen überhaupt nicht gekannt hatte. Sie empfahl uns jedoch, in dieser Angelegenheit an einen ehrbaren Mann heranzutreten, der früher mit Iwan Petrowitsch befreundet war. Wir folgten diesem Rat und erhielten auf unseren Brief die nachstehende gewünschte Antwort. Wir veröffentlichen sie ohne jede Änderung oder Bemerkung, als einen wertvollen Beweis edler Gesinnungsart und rührender Freundschaft, zugleich aber als ein durchaus zureichendes biographisches Zeugnis.

Hochgeehrter Herr ***!

Ihr geschätztes Schreiben vom 15. des Monats hatte ich die Ehre zum 23. desselben Monats zu erhalten; Sie äußern darin den Wunsch, ausführlich über den Zeitpunkt der Geburt und des Todes, über die

Dienstzeit, die häuslichen Verhältnisse und auch über die Interessen und den Charakter des verstorbenen Iwan Petrowitsch Belkin, meines ehemaligen aufrichtigen Freundes und Gutsnachbarn, unterrichtet zu werden. Mit dem allergrößten Vergnügen erfülle ich Ihren Wunsch und sende Ihnen, hochgeehrter Herr, alles, was mir aus Gesprächen mit ihm und auch aus meinen eigenen Beobachtungen in Erinnerung geblieben ist.

Iwan Petrowitsch Belkin wurde 1798 als Sohn ehrlicher und adliger Eltern auf dem Gut Gorjuchino geboren. Sein verstorbener Vater, der Sekundmajor Pjotr Iwanowitsch Belkin, hatte die Jungfrau Pelageja Gawrilowna aus dem Hause der Trafilins geheiratet. Er war kein reicher Mann, aber maßvoll und in wirtschaftlichen Dingen sehr beschlagen. Ihr Sohn empfing den ersten Unterricht vom Dorfküster. Diesem ehrwürdigen Manne verdankte er, so scheint es, die Lust am Lesen und die Liebe zur russischen Literatur. Im Jahre 1815 trat er den Dienst in einem Infanterie-Jägerregiment an (seine Nummer ist mir entfallen), in dem er bis zum Jahre 1823 blieb. Der Tod seiner Eltern, die beide fast zur gleichen Zeit starben, zwang ihn, den Abschied zu nehmen und auf das Dorf Gorjuchino, sein Stammgut, zu ziehen.

Iwan Petrowitsch nahm die Verwaltung des Gutes in seine Hand, vernachlässigte innerhalb kurzer Zeit auf Grund seiner Unerfahrenheit und Weichherzigkeit die Wirtschaft und lockerte die strenge Ordnung, die sein verstorbener Vater eingeführt hatte. Er setzte den verläßlichen und geschickten Dorfältesten ab, mit dem seine Bauern (wie das bei ihnen so üblich ist) unzufrieden waren, und beauftragte mit der Verwaltung des Dorfes seine alte Haushälterin, die sein Vertrauen durch die Kunst, Geschichten zu erzählen, erworben hatte. Diese dumme Alte wußte niemals einen Fünfundzwanzigrubelschein von einem Fünfzigrubelschein zu unterscheiden; die Bauern, die sie alle zur Gevatterin hatten, fürchteten sich nicht im geringsten vor ihr; der von ihnen gewählte Dorfälteste war derart nachsichtig – zudem betrog er auch –, daß Iwan Petrowitsch sich gezwungen sah, den Frondienst aufzuheben und einen sehr gemäßigten Zins einzuführen; aber auch hier nutzten die Bauern seine Schwäche aus und erbaten sich für das erste Jahr eine erhebliche Erleichterung, und in den nächsten Jahren zahlten sie mehr als zwei Drittel des Zinses in Nüssen, Preiselbeeren und ähnlichem; doch auch hier gab es Rückstände.

Da ich mit Iwan Petrowitschs verstorbenem Vater befreundet war, hielt ich es für meine Pflicht, auch dem Sohn meinen Rat anzutragen, und erklärte mich mehrmals bereit, die frühere, von ihm vernachlässigte Ordnung wieder einzuführen. Mit dieser Absicht kam ich eines Tages zu ihm gefahren, verlangte die Wirtschaftsbücher, rief den betrügerischen Dorfältesten herbei und ging in Iwan Petrowitschs Gegenwart daran, sie durchzusehen.

Der junge Herr folgte mir zunächst mit allergrößter Aufmerksamkeit und voller Eifer; doch als sich auf Grund der Rechnungen herausstellte, daß die Zahl der Bauern in den letzten zwei Jahren gestiegen war, die des Hausgeflügels und des Viehs sich jedoch beträchtlich verringert hatte, genügte diese erste Mitteilung Iwan Petrowitsch; er hörte mir nicht mehr zu, und in dem Augenblick, da ich den betrügerischen Dorfältesten durch meine Nachforschungen und mein strenges Verhör in äußerste Verlegenheit und zu völligem Schweigen gebracht hatte, vernahm ich zu meinem größten Ärger, wie Iwan Petrowitsch laut auf seinem Stuhle schnarchte. Seit jener Zeit hörte ich auf, mich in seine wirtschaftlichen Weisungen einzumischen, und überließ die Dinge (ganz wie er) den Weisungen des Allerhöchsten.

Dies störte übrigens nicht im mindesten unser freundschaftliches Verhältnis, denn ich hatte Iwan Petrowitsch aufrichtig gern, obwohl ich seine Schwäche und seine unglückselige Nachlässigkeit, die allen unseren jungen Adligen eigen ist, bedauerte; es war ja auch ganz unmöglich, so einen sanftmütigen und ehrlichen jungen Menschen nicht liebzugewinnen. Iwan Petrowitsch seinerseits erwies meinen Jahren Achtung und war mir von ganzem Herzen zugetan. Bis zu seinem Ende sahen wir uns fast täglich, denn er legte auf meine Unterhaltung Wert, wenn wir auch in Gewohnheit, Denkweise und Charakter im großen und ganzen einander nicht ähnelten.

Iwan Petrowitsch führte ein äußerst genügsames Leben und vermied jeglichen Aufwand; niemals hatte ich ihn in angetrunkenem Zustand gesehen (was in unserer Gegend als ein unerhörtes Wunder gelten kann); zum weiblichen Geschlecht hingegen verspürte er eine große Neigung, doch war er von einer wahrhaft mädchenhaften Schamhaftigkeit.[1]

Außer den Erzählungen, die Sie in Ihrem Brief zu erwähnen belieben, hinterließ Iwan Petrowitsch eine große Anzahl Handschriften, die sich teils bei mir befinden und teils von seiner Haushälterin für verschiedene häusliche Zwecke verwendet worden sind. So waren vorigen Winter alle Fenster des Seitengebäudes mit dem ersten Teil eines Romans verklebt, den er nicht beendet hatte. Die oben genannten Erzählungen waren, so scheint es, sein erster Versuch. Sie sind, wie mir Iwan Petrowitsch berichtete, zum größten Teil wahr und ihm von verschiedenen Personen erzählt worden.[2] Allerdings sind fast alle Personennamen, die darin vorkommen, von ihm selbst erdacht und die Namen der Dörfer und Flecken unse-

[1] Es folgt eine Anekdote, die wir nicht veröffentlichen, da wir sie für überflüssig halten; übrigens versichern wir dem Leser, daß sie nichts enthält, was dem Andenken Iwan Petrowitsch Belkins schaden könnte.

[2] Tatsächlich ist im Manuskript des Herrn Belkin von der Hand des Autors über jeder Erzählung vermerkt: Erfahren von *der und der Person* (Rang oder Stand und die Anfangsbuchstaben des Vor- und Familiennamens). Wir führen sie für neugierige Forscher an: Den »Postmeister« erzählte ihm der Titularrat A.G.N., den »Schuß« der Oberstleutnant I.L.P., den »Sargmacher« der Verwalter B.W., den »Schneesturm« und das »Adelsfräulein als Bäuerin« das Fräulein K.I.T.

rer Gegend entnommen, so daß auch mein Dorf an einer Stelle erwähnt wird. Dies ist nicht auf irgendeine böse Absicht zurückzuführen, sondern allein auf den Mangel an Phantasie.

Iwan Petrowitsch erkrankte im Herbst 1828 an einer fieberhaften Erkältung, die sich in ein Delirium steigerte, und starb trotz der unermüdlichen Anstrengungen unseres Kreisarztes, eines sehr beschlagenen Mannes, besonders was die Heilung tiefsitzender Leiden betraf, wie Hühneraugen und ähnliches. Er verschied in meinen Armen im dreißigsten Lebensjahr und wurde in der Dorfkirche von Gorjuchino neben seinen Eltern begraben.

Iwan Petrowitsch war von mittlerem Wuchs, hatte graue Augen, hellblondes Haar und eine gerade Nase; sein Gesicht war bleich und hager.

Das, hochgeehrter Herr, ist alles, woran ich mich, was Lebensweise, Interessen, Charakter und Äußeres meines verstorbenen Nachbarn und Freundes betrifft, erinnern kann. Doch falls es Ihnen beliebt, diesen meinen Brief auf irgendeine Weise zu verwenden, so bitte ich untertänigst, auf keinen Fall meinen Namen zu erwähnen; denn ich halte es, obgleich ich die Dichter durchaus achte und liebe, für überflüssig und meinen Jahren nicht angemessen, diesem Stand beizutreten.

Mit aufrichtiger Hochachtung etc.

16. November 1830
Gut Nenaradowo

Wir halten es für unsere Pflicht, den Willen des ehrbaren Freundes unseres Autors zu achten, sprechen ihm den tiefsten Dank aus für die Nachricht, die er uns zukommen ließ, und hoffen, daß das Publikum ihre Aufrichtigkeit und Güte schätzen wird.

A. P.

DER SCHUSS

Wir schossen uns. *Baratynskij*

Ich schwor,
Ihn nach dem Recht des Duells zu erschießen
(ich hatte noch einen Schuß gut).
Abend im Biwak

I

Wir standen in der Ortschaft ***. Das Leben eines Armeeoffiziers ist jedem bekannt: morgens Exerzieren und Reitbahn; mittags – beim Regimentskommandeur oder in einer jüdischen Schenke; abends – Punsch und Karten. In *** gab es nicht ein einziges gastliches Haus, kein Mädchen in heiratsfähigem Alter; wir versammelten uns mal bei dem einen, mal bei dem anderen, wo wir nichts außer unseren Uniformen zu sehen bekamen.

Nur ein einziger Mensch, der kein Militär war, gehörte zu unserer Gesellschaft. Er war ungefähr fünfunddreißig Jahre alt und deshalb in unseren Augen ein alter Mann. Seine Erfahrung verschaffte ihm uns gegenüber viele Vorteile; zudem machten sein gewöhnlich finsteres Wesen, seine kurzangebundene Art und seine scharfe Zunge einen starken Eindruck auf unsere jugendlichen Gemüter. Etwas Geheimnisvolles haftete seinem Schicksal an: er schien Russe zu sein, doch trug er einen ausländischen Namen. Einst diente er bei den Husaren, und sogar mit Erfolg; niemand wußte, warum er den Abschied genommen und sich in einer elenden Ortschaft niedergelassen hatte, wo er ärmlich und verschwenderisch zugleich lebte: Er ging immer zu Fuß, in einem abgetragenen schwarzen Gehrock, doch hielt er offene Tafel für alle Offiziere des Regiments. Das Essen bestand allerdings nur aus zwei oder drei Gängen, die ein abgedankter Soldat zubereitete, aber der Champagner floß dabei in Strömen. Niemand kannte sein Vermögen oder seine Einkünfte, und niemand wagte es, ihn danach zu fragen. Er besaß Bücher, zum größten Teil militärischen Inhalts, und Romane. Er überließ sie einem gern zum Lesen und forderte sie nie zurück; dafür gab er auch die Bücher, die er sich lieh, nie wieder. Seine Hauptbeschäftigung war das Pistolenschießen. Die Wände seines Zimmers waren von Kugeln durchlöchert und sahen aus wie Bienenwaben. Eine reichhaltige Pistolensammlung war der einzige Luxus in der ärmlichen Lehmhütte, die er bewohnte. Die Kunstfertigkeit, zu der er es gebracht hatte, war unglaublich, wenn er sich anheischig gemacht hätte, jemandem, wer es auch immer sei, eine Birne von der Mütze herabzuschießen, so hätte keiner aus unserem Regiment gezögert, seinen Kopf hinzuhalten. Untereinander sprachen wir oft von Zweikämpfen; Silvio (so will ich ihn nennen) mischte sich nie in diese Gespräche ein. Auf die Frage, ob er sich schon einmal geschlagen habe, antwortete er trocken, daß dies der Fall gewesen sei, ließ sich aber auf keinerlei Einzelheiten ein, und es war zu spüren, daß ihm solche Fragen unangenehm waren. Wir nahmen an, daß irgendein unglückliches Opfer seiner schrecklichen Kunst auf seiner Seele lastete. Übrigens kam es uns überhaupt nicht in den Sinn zu vermuten, daß irgend etwas in ihm an Furchtsamkeit erinnern könnte. Es gibt Menschen, deren Äußeres allein schon solchen Verdacht ausschließt. Eine unvorhergesehene Begebenheit setzte uns alle in äußerstes Erstaunen.

Eines Tages speisten ungefähr zehn unserer Offiziere bei Silvio. Getrunken wurde wie üblich, das heißt sehr viel; nach dem Essen redeten wir unserem Gastgeber zu, die Bank zu halten. Lange lehnte er ab, da er fast nie spielte; schließlich ließ er sich die Karten geben, schüttete ein halbes Hundert Goldstücke auf den Tisch, setzte sich und begann auszugeben. Wir umringten ihn, und das Spiel nahm seinen Lauf. Silvio hatte die Gewohnheit, während des Spiels völliges Schweigen zu bewahren, nie stritt er oder ließ sich in Erklärungen ein. Kam es einmal vor, daß sich der Pointeur verrechnete, so bezahlte er entweder sofort den Fehlbetrag oder schrieb den Überschuß auf. Wir kannten das schon und ließen ihn gewähren; indessen befand sich in unserer Mitte ein Offizier, der erst vor kurzem zu uns versetzt worden war. Er spielte auch, und in seiner Zerstreutheit bog er eine Karte zuviel um. Silvio nahm die Kreide und glich nach seiner Gewohnheit die Rechnung aus. In der Annahme, Silvio hätte sich geirrt, fing der Offizier an, sich in Erklärungen zu ergehen. Silvio gab weiter aus, ohne ein Wort zu verlieren. Der Offizier verlor die Geduld, nahm die Bürste und wischte ab, was ihm zu Unrecht aufgeschrieben zu sein schien. Silvio nahm die Kreide und schrieb es von neuem auf. Der Offizier, erregt durch den Wein, das Spiel und das Gelächter der Kameraden, hielt sich für zutiefst beleidigt, ergriff in rasender Wut einen auf dem Tisch stehenden schweren kupfernen Leuchter und schleuderte ihn nach Silvio, der kaum dem Wurf ausweichen konnte. Wir waren bestürzt. Silvio erhob sich, bleich vor Zorn, und sagte mit funkelnden Augen: »Werter Herr, wollen Sie bitte hinausgehen, und danken Sie Gott, daß dies in meinem Hause geschah.«

Wir zweifelten nicht an den Folgen und hielten den neuen Kameraden schon für so gut wie tot. Der Offizier ging hinaus, wobei er sagte, daß er für die Beleidigung dem Herrn Bankhalter zur Verfügung stehe, in welcher Form es dieser auch wünsche. Das Spiel nahm noch für einige Minuten seinen Fortgang, da wir aber fühlten, daß unserem Gastgeber der Sinn nicht nach dem Spiel stand, hörten wir einer nach dem anderen auf und gingen in unsere Quartiere, dabei sprachen wir von der Stelle, die bald frei sein würde.

Am nächsten Tag auf der Reitbahn fragten wir uns bereits, ob der arme Fähnrich noch lebe, als er selber unter uns auftauchte; wir stellten an ihn die gleiche Frage. Er sagte, daß er von Silvio noch keinerlei Nachricht hätte. Das verwunderte uns. Wir gingen zu

Silvio und trafen ihn auf dem Hof an, wie er Schuß auf Schuß in ein As setzte, das an das Tor geklebt war. Er empfing uns wie üblich und verlor kein Wort über den gestrigen Vorfall. Es vergingen drei Tage, und der Fähnrich lebte noch. Voller Verwunderung fragten wir uns: Wird sich Silvio etwa nicht schlagen? Silvio schlug sich nicht. Er gab sich mit einer oberflächlichen Erklärung zufrieden und söhnte sich aus.

Zu Anfang schadete ihm das sehr in den Augen der Jugend. Mangel an Kühnheit findet am wenigsten Gnade vor jungen Leute, die in der Tapferkeit gewöhnlich die Krone der menschlichen Tugenden sehen und mit ihr sämtliche Laster entschuldigen. Allmählich jedoch fiel alles der Vergessenheit anheim, und Silvio erwarb sich seinen früheren Einfluß.

Nur ich vermochte mich ihm nicht mehr zu nähern. Da ich von Natur aus eine romantische Einbildungskraft besaß, fühlte ich mich mehr als alle anderen zu dem Menschen hingezogen, dessen Leben ein Rätsel war und der mich wie ein Held aus irgendeiner geheimnisvollen Erzählung anmutete. Er hatte mich gern, jedenfalls unterdrückte er, wenn er mit mir allein war, seinen gewöhnlich beißenden Spott und sprach über verschiedene Dinge vertrauensvoll und außerordentlich liebenswürdig. Doch nach dem unglückseligen Abend verließ mich nicht der Gedanke, daß seine Ehre befleckt und durch sein eigenes Verschulden nicht wiederhergestellt worden sei – dieser Gedanke hinderte mich, auf frühere Weise mit ihm zu verkehren; es war mir peinlich, ihn anzusehen. Silvio war zu klug und zu erfahren, um dies nicht zu bemerken und den Grund dafür nicht zu erraten. Er schien betrübt, jedenfalls bemerkte ich zweimal, daß er den Wunsch hatte, sich mit mir auszusprechen; doch ich ging solchen Aussprachen aus dem Wege, und Silvio ließ von mir ab. Von dieser Zeit an sahen wir uns nur noch in Gegenwart anderer, und unsere früheren aufrichtigen Gespräche fanden ein Ende.

Die an Zerstreuungen gewohnten Bewohner der Hauptstadt haben keine Vorstellung von den vielfältigen Eindrücken, die den Bewohnern der Dörfer und kleineren Städte so bekannt sind wie zum Beispiel das Warten auf den Posttag: Dienstags und freitags war unsere Regimentskanzlei immer voller Offiziere – der eine erwartete Geld, der andere Briefe, der dritte Zeitungen. Die Sendungen wurden meist auf der Stelle geöffnet und die Neuigkeiten einander mitgeteilt, so daß die Kanzlei ein äußerst lebhaftes Bild bot. Silvio erhielt Briefe, die an unser Regiment adressiert waren, und fand sich gewöhnlich hier ein. Eines Tages erhielt er eine Sendung, die er mit den Zeichen größter Ungeduld erbrach. Als er den Brief überflog, funkelten seine Augen dabei. Die Offiziere, von denen jeder mit seinen Briefen beschäftigt war, bemerkten nichts. »Meine Herren«, sagte Silvio zu ihnen, »die Umstände fordern meine sofortige Abreise; noch heute nacht fahre ich; ich hoffe, Sie schlagen mir nicht ab, ein letztes Mal bei mir zu speisen. Ich erwarte auch Sie«, fuhr er, an mich gewandt, fort, »ich erwarte Sie unbedingt.« Nach diesen Worten ging er eilig hinaus; wir waren einverstanden, uns bei Silvio zu treffen, und jeder ging seines Weges.

Zur festgesetzten Zeit kam ich zu Silvio und fand bei ihm fast das ganze Regiment vor. All sein Hab und Gut war schon verpackt, nur die nackten durchschossenen Wände waren zu sehen. Wir setzten uns an den Tisch; unser Gastgeber befand sich in ausgezeichneter Stimmung, und bald wurden alle von seiner Fröhlichkeit ergriffen; alle Augenblicke knallten Korken, ohne Unterlaß schäumte und zischte der Sekt in den Gläsern, und wir wünschten dem Scheidenden mit dem größten Eifer eine gute Reise und alles erdenkliche Wohlergehen. Es war schon spät am Abend, da wir uns von der Tafel erhoben. Als wir unsere Mützen nahmen und Silvio sich von allen verabschiedete, ergriff er gerade in dem Augenblick, da ich fortgehen wollte, meine Hand und hielt mich auf. »Ich muß mit Ihnen sprechen«, sagte er leise. Ich blieb.

Die Gäste gingen: Wir waren zu zweit, setzten uns einander gegenüber und rauchten schweigend unsere Pfeifen an. Silvio war bekümmert; nicht eine Spur seiner früheren hektischen Fröhlichkeit war zu bemerken. Die düstere Blässe, die funkelnden Augen und der dichte Rauch, der seinem Munde entquoll, gaben ihm ein wahrhaft diabolisches Aussehen. Es vergingen einige Minuten, und Silvio brach das Schweigen.

»Es ist möglich, daß wir uns nicht mehr wiedersehen«, sagte er zu mir. »Vor dem Abschied möchte ich Ihnen einiges erklären. Wie Sie bemerken konnten, gebe ich wenig auf fremde Meinungen; doch Sie habe ich lieb gewonnen, und ich fühle, daß es mich bedrücken würde, wenn Sie einen falschen Eindruck von mir zurückbehielten.«

Er hielt inne und stopfte seine Pfeife von neuem; ich schwieg und senkte den Blick.

»Es kam Ihnen seltsam vor«, fuhr er fort, »daß ich von diesem betrunkenen Narren R*** keine Genugtuung gefordert habe. Sie werden zugeben, daß sein Leben in meiner Hand war, meines aber fast ungefährdet, da ich das Recht hatte, die Waffe zu wählen; ich könnte meine Zurückhaltung einzig und allein meiner Großmut zuschreiben, doch ich will nicht lügen. Wenn ich in der Lage gewesen wäre, R*** zu strafen, ohne mein Leben einer Gefahr auszusetzen, hätte ich ihm auf keinen Fall verziehen.«

Ich sah Silvio äußerst verwundert an. Solch ein Bekenntnis verwirrte mich gänzlich. Silvio fuhr fort. »Genau so ist es: Ich habe nicht das Recht, mich der Gefahr des Todes auszusetzen. Vor sechs Jahren erhielt ich eine Ohrfeige, und mein Feind lebt noch.«

Meine Neugier war bis zum äußersten erregt. »Sie haben sich mit ihm nicht geschlagen?« fragte ich. »Sicherlich haben sie die Umstände getrennt?«

»Ich habe mich mit ihm geschlagen«, antwortete Silvio, »und hier ist das Andenken an unseren Zweikampf.«

Silvio erhob sich und holte aus einer Schachtel eine rote Mütze mit goldener Troddel und einer Tresse hervor (die Franzosen nennen so etwas bonnet de police); er setzte sie auf, sie war einen Zoll über der Stirn durchschossen.

»Sie wissen«, fuhr Silvio fort, »daß ich in dem *** Husarenregiment gedient habe. Sie kennen meinen Charakter: Ich bin gewohnt, der Erste zu sein, von Jugend an war das meine Leidenschaft. Tolle Streiche waren zu unserer Zeit Mode, ich war der erste Händelsucher der ganzen Armee. Wir prahlten mit unserer Trinkfestigkeit. Ich habe den berühmten Burzow, den Denis Dawydow besungen hat, unter den Tisch getrunken. Duelle gab es in unserer Armee alle Augenblicke, bei allen war ich entweder Sekundant oder selbst Duellant. Die Kameraden vergötterten mich, und die Regimentskommandeure, die ständig wechselten, betrachteten mich als ein notwendiges Übel.

Ich genoß ruhig (oder unruhig) meinen Ruhm, als ein junger Mann aus reicher und adliger Familie zu uns versetzt wurde (ich will seinen Namen nicht nennen). Noch nie war mir solch ein glänzender Günstling des Schicksals begegnet! Vergegenwärtigen Sie sich: Jugend, Verstand, Schönheit, ausgelassene Fröhlichkeit, verwegene Kühnheit, einen klangvollen Namen, Geld, das nicht zu zählen war und nie versiegte, und stellen Sie sich vor, was für einen Eindruck er auf uns machen mußte. Meine Vorherrschaft war erschüttert. Von meinem Ruhm verlockt, suchte er anfangs meine Freundschaft, doch ich begegnete ihm kühl, und ohne Bedauern ließ er von mir ab. Ich begann ihn zu hassen. Seine Erfolge im Regiment und in Gesellschaft von Damen brachten mich zur völligen Verzweiflung. Ich suchte Streit mit ihm; auf meine Epigramme antwortete er jedoch mit Epigrammen, die mir immer überraschender und geistreicher schienen als die meinen und die natürlich weitaus lustiger waren: denn er scherzte, und ich wütete. Schließlich, als ich ihn auf einem Ball, den ein polnischer Gutsherr gab, im Mittelpunkt der Aufmerksamkeit aller Damen und besonders der Gastgeberin sah, mit der ich in Verbindung stand, flüsterte ich ihm eine geschmacklose Grobheit ins Ohr. Er brauste auf und gab mir eine Ohrfeige. Wir stürzten zu den Säbeln; die Damen fielen in Ohnmacht, man brachte uns auseinander, und noch in derselben Nacht brachen wir auf, um uns zu schlagen.

Dies geschah im Morgengrauen. Ich stand mit meinen drei Sekundanten am verabredeten Ort. Mit unbeschreiblicher Ungeduld erwartete ich meinen Gegner. Die Frühlingssonne war aufgegangen, und es wurde schon heiß. Ich sah ihn von ferne. Er ging zu Fuß, sein Uniformrock hing am Säbelgriff, und ein Sekundant begleitete ihn. Wir gingen ihm entgegen. Er kam näher, in der Hand hielt er seine Mütze, die voller Kirschen war. Die Sekundanten maßen uns zwölf Schritte ab. Ich hatte als erster zu schießen, aber die Wut schüttelte mich so sehr, daß ich der Zuverlässigkeit meiner Hand mißtraute und ihm den ersten Schuß überließ, um mich in der Zwischenzeit zu beruhigen; doch mein Gegner war damit nicht einverstanden. Wir beschlossen, das Los sprechen zu lassen: Die erste Nummer erhielt er, der ewige Liebling des Glückes. Er zielte und durchschoß meine Mütze. Jetzt war ich an der Reihe. Endlich hatte ich sein Leben in meiner Hand, ich sah ihn an, begierig, wenigstens den Schatten einer Unruhe zu bemerken... Er stand vor meiner Pistole, suchte sich aus seiner Mütze die reifsten Kirschen hervor und spuckte die Kerne aus, sie flogen bis zu mir. Sein Gleichmut brachte mich zur Raserei. Was habe ich davon, dachte ich, wenn ich ihn töte, er aber seinem Leben überhaupt keinen Wert beimißt? Ein böser Gedanke schoß mir durch den Kopf. Ich senkte die Pistole. ›Sie scheinen nicht auf das Sterben eingestellt zu sein‹, sagte ich zu ihm. ›Sie belieben zu frühstükken, ich möchte Sie dabei nicht stören... – ›Sie stören mich nicht im geringsten‹, widersprach er. ›Bitte schießen Sie nur, im übrigen, ganz wie Sie wünschen: Sie haben einen Schuß gut; ich stehe immer zu Ihrer Verfügung.‹ Ich wandte mich an die Sekundanten und erklärte, daß ich nicht die Absicht habe, heute zu schießen, und damit war der Zweikampf beendet.

Ich nahm meinen Abschied und siedelte in diese Ortschaft über. Seit jener Zeit verging kein einziger Tag, an dem ich nicht an Rache gedacht hätte. Jetzt ist meine Stunde gekommen...«

Silvio zog aus seiner Tasche den Brief, den er am Morgen erhalten hatte, und gab ihn mir zum Lesen. Jemand (scheinbar sein Beauftragter in dieser Angelegenheit) schrieb aus Moskau, daß die *bewußte Person* nächstens ein schönes und junges Mädchen ehelichen würde.

»Sie erraten«, sagte Silvio, »wer diese *bewußte Person* ist. Ich reise nach Moskau. Wir wollen sehen, ob er vor seiner Hochzeit den Tod ebenso gleichmütig entgegennimmt, wie er ihn einst beim Kirschenessen erwartet hat!«

Mit diesen Worten erhob sich Silvio, warf seine Mütze auf den Boden und begann, wie ein Tiger im Käfig, im Zimmer hin und herzugehen. Ich hatte ihm zugehört, ohne mich zu rühren; seltsame, widersprechende Gefühle bewegten mich.

Der Diener trat ein und verkündete, die Pferde stünden bereit. Silvio drückte mir kräftig die Hand. Wir umarmten uns. Er nahm im Wagen Platz, in dem zwei Koffer standen – der eine mit den Pistolen, der andere mit seinen Habseligkeiten. Wir verabschiedeten uns noch einmal, und die Pferde galoppierten davon.

II

Einige Jahre vergingen, und die häuslichen Umstände zwangen mich, in ein armes Dörfchen des Kreises N. überzusiedeln. Ich beschäftigte mich mit der Wirtschaft, doch insgeheim trauerte ich meinem früheren aufregenden und sorglosen Leben nach. Am schwersten gewöhnte ich mich daran, die Herbst- und Winterabende in völliger Einsamkeit zu verbringen. Bis zum Mittagessen schlug ich noch irgendwie die Zeit tot, indem ich mich mit dem Dorfältesten unterhielt, auf das Feld fuhr oder neue Gebäude besichtigte, doch sowie es anfing dunkel zu werden, wußte ich einfach nicht, wohin mit mir. Die geringe Anzahl von Büchern, die ich unter den Schränken und in der Vorratskammer gefunden hatte, kannte ich bald auswendig. Sämtliche Märchen, an die sich die Haushälterin Kirilowna nur erinnern konnte, hatte ich mir erzählen lassen; die Lieder der Bauernweiber stimmten mich noch trauriger. Ich hätte mich auf den ungesüßten Fruchtschnaps verlegt, doch davon bekam ich Kopfschmerzen, auch gebe ich zu, daß ich fürchtete, ein Trinker aus *unheilbarem Kummer* zu werden, das heißt, ein *unheilbarer* Trinker, für die es sehr viele Beispiele in unserem Kreis gab. Nachbarn hatte ich nicht in meiner Umgebung, bis auf zwei oder drei jener *Unheilbaren*, deren Gespräch hauptsächlich aus Aufstoßen und Seufzern bestand. Die Einsamkeit war erträglicher.

In einer Entfernung von ungefähr vier Werst befand sich ein reiches Gut, das der Gräfin B. gehörte; doch wohnte auf ihm nur der Verwalter; die Gräfin hatte es ein einziges Mal, im ersten Jahr ihrer Ehe, besucht und auch dann nicht länger als einen Monat dort zugebracht. Jedoch im zweiten Frühjahr meines Einsiedlerlebens verbreitete sich das Gerücht, daß die Gräfin und ihr Ehegemahl diesen Sommer ihr Dorf aufsuchen würden. Sie trafen tatsächlich auch Anfang Juni ein.

Die Ankunft eines reichen Nachbarn ist ein wichtiges Ereignis im Leben der Landbewohner. Die Gutsherren und ihr Gesinde sprechen schon zwei Monate vorher und noch drei Jahre danach von dieser Begebenheit. Was mich anbelangt, so, ich gestehe es, machte die Nachricht von der Ankunft der jungen und schönen Nachbarin einen starken Eindruck auf mich; ich brannte vor Ungeduld, sie zu sehen, und begab mich deshalb am ersten Sonntag nach ihrer Ankunft nachmittags in das Dorf ***, um mich Seiner Erlaucht als nächster Nachbar und allerergebenster Diener vorzustellen.

Der Diener führte mich in das Arbeitszimmer des Grafen und entfernte sich, um meine Ankunft zu melden. Das geräumige Zimmer war mit dem größten Luxus ausgestattet; an den Wänden standen Bücherschränke und auf jedem von ihnen eine Bronzebüste, über dem Kamin aus Marmor hing ein breiter Spiegel, der Boden war mit grünem Tuch beschlagen und mit Teppichen bedeckt. Da ich in meiner armseligen Behausung keinen Luxus gewohnt war und schon lange keinen fremden Reichtum gesehen hatte, wurde ich ganz schüchtern und wartete auf den Grafen voller Bangen wie ein Bittsteller aus der Provinz auf das Erscheinen des Ministers. Die Tür ging auf, und herein trat ein Mann von etwa zweiunddreißig Jahren und schönem Äußeren. Der Graf näherte sich mir mit offener und freundlicher Miene, ich faßte Mut und wollte mich vorstellen, doch er kam mir zuvor. Wir setzten uns. Seine ungezwungene und liebenswürdige Art der Unterhaltung zerstreute meine hinterwäldlerische Schüchternheit, ich gewann allmählich meine Fassung wieder, als plötzlich die

Gräfin eintrat und mich eine noch größere Verlegenheit als vorher überkam. Sie war in der Tat eine Schönheit. Der Graf stellte mich vor, ich wollte nonchalant erscheinen, doch je ungezwungener ich mich gab, desto gehemmter fühlte ich mich. Um mir Zeit zu geben, zu mir zu kommen und mich an die neue Bekanntschaft zu gewöhnen, unterhielten sie sich miteinander und behandelten mich wie einen guten Nachbarn und ohne jegliche Zeremonie. Ich ging unterdessen auf und ab und betrachtete die Bücher und Bilder. Ich bin kein Kenner von Gemälden, doch eines von ihnen zog meine Aufmerksamkeit auf sich. Es stellte eine Schweizer Landschaft dar, doch nicht die Malerei interessierte mich, sondern der Umstand, daß das Bild von zwei Kugeln durchschossen war, und zwar an ein und derselben Stelle. »Das ist ein guter Schuß«, sagte ich, an den Grafen gewandt. »Ja«, bestätigte er, »ein außerordentlich bemerkenswerter Schuß. Schießen Sie denn gut?« fuhr er fort. »Ausgezeichnet«, antwortete ich und freute mich, daß das Gespräch einen mir nahen Gegenstand berührte. »Auf dreißig Schritt verfehle ich keine Karte, selbstverständlich mit Pistolen, die ich kenne.« – »Wahrhaftig?« sagte die Gräfin mit allen Zeichen großer Aufmerksamkeit. »Und du, mein Freund, triffst du eine Karte auf dreißig Schritt?« – »Irgendwann einmal müssen wir es versuchen«, erwiderte der Graf. »Ich habe seinerzeit nicht schlecht geschossen, aber es sind schon vier Jahre her, daß ich eine Pistole in der Hand gehalten habe.« – »Oh«, sagte ich, »in diesem Falle wette ich, daß Euer Erlaucht eine Karte auch auf zwanzig Schritt nicht treffen: Die Pistole erfordert tägliche Übung. Das weiß ich aus Erfahrung. Bei uns im Regiment galt ich als einer der besten Schützen. Ich hatte einmal einen ganzen Monat lang nicht geschossen: Meine Pistolen wurden repariert; und was meinen Sie, Euer Erlaucht? Als ich dann das erste Mal wieder schoß, verfehlte ich viermal hintereinander eine Flasche auf fünfundzwanzig Schritt. Wir hatten einen Rittmeister, einen Spötter und Spaßvogel, er stand dabei und sagte zu mir: ›Wie es scheint, Bruder, kannst du einer Flasche nichts zuleide tun.‹ Nein, Euer Erlaucht dürfen das Schießen nicht vernachlässigen, sonst verlernt man es sehr schnell. Der beste Schütze, den ich je gekannt habe, schoß jeden Tag, und zwar mindestens dreimal vor dem Mittagessen. Das war ihm genauso zur Gewohnheit geworden wie das Glas Wodka.«

Der Graf und die Gräfin waren froh, daß ich meine Sprache wiedergefunden hatte.

»Und wie schoß er?« fragte mich der Graf. »Folgendermaßen, Euer Erlaucht: Wenn er sah, daß sich eine Fliege auf der Wand niedergelassen hatte – Sie lachen, Gräfin? Bei Gott, es ist wahr. Er sieht die Fliege und schreit: ›Kuska, die Pistole!‹ Kuska bringt ihm die gespannte Pistole. Er, bums, schießt die Fliege in die Wand hinein!« – »Das ist erstaunlich!« sagte der Graf. »Und wie hieß er?« – »Silvio, Euer Erlaucht.« – »Silvio!« rief der Graf und sprang auf.

»Sie kannten Silvio?« – »Wie sollte ich ihn nicht kennen, Euer Erlaucht; wir waren miteinander befreundet, in unserem Regiment betrachteten wir ihn als einen der Unseren, als Kameraden; jetzt ist es aber schon ungefähr fünf Jahre her, daß ich von ihm keine Nachricht bekommen habe. So haben Euer Erlaucht ihn also auch gekannt?« – »Ich kannte ihn gut, kannte ihn sehr gut. Hat er Ihnen nicht erzählt... Doch nein, ich glaube kaum; hat er Ihnen vielleicht auch einmal von einem seltsamen Zwischenfall erzählt?« – »Meinen Sie etwa die Ohrfeige, Euer Erlaucht, die ihm auf einem Ball ein Tunichtgut gegeben hat?« – »Und hat er Ihnen nicht den Namen dieses Tunichtguts genannt?« – »Nein, Euer Erlaucht, den hat er mir nicht genannt... Ach! Euer Erlaucht«, fuhr ich fort, denn ich erriet die Wahrheit, »entschuldigen Sie... ich wußte nicht... Sind Sie das etwa?« – »Ich bin es«, sagte der Graf mit außerordentlich verstimmtem Gesichtsausdruck. »Und das durchschossene Bild ist ein Andenken an unser letztes Zusammentreffen...« – »Ach, mein Lieber«, sagte die Gräfin, »um Gottes Willen, erzähle das nicht, es ist zu entsetzlich, ich kann das nicht hören.« – »Nein«, entgegnete der Graf, »ich werde alles erzählen; er weiß, wie ich seinen Freund beleidigt habe, und so soll er auch wissen, wie sich Silvio an mir gerächt hat.« Der Graf rückte mir einen Sessel heran, und ich hörte mit dem lebhaftesten Interesse folgende Geschichte.

»Vor fünf Jahren heiratete ich. – Den ersten Monat, the honeymoon, verbrachte ich hier, auf dem

Dorf. Diesem Hause verdanke ich die schönsten Minuten meines Lebens und eine der schlimmsten Erinnerungen.

Eines Abends ritten wir gemeinsam aus; das Pferd meiner Frau scheute, sie erschrak, gab mir die Zügel und ging zu Fuß nach Hause, während ich schon vorausritt. Auf dem Hof sah ich einen Reisewagen; man sagte mir, in meinem Arbeitszimmer sitze ein Mann, der zwar seinen Namen nicht nennen wolle, doch gesagt habe, er komme zu mir in einer bestimmten Angelegenheit. Ich ging in dieses Zimmer und gewahrte in der Dunkelheit einen mit Staub bedeckten bärtigen Mann, er stand hier am Kamin. Ich trat auf ihn zu und versuchte, mich seiner Züge zu erinnern. ›Du hast mich nicht erkannt, Graf?‹ fragte er mit bebender Stimme. ›Silvio!‹ schrie ich, und – ich gebe es zu – ich fühlte, wie mir plötzlich die Haare zu Berge standen. ›Ich bin es‹, fuhr er fort. ›Einen Schuß habe ich gut, ich bin gekommen, um diesen Schuß abzugeben; bist du bereit?‹ Die Pistole sah ihm aus einer Seitentasche heraus. Ich maß zwölf Schritte ab, stellte mich dort in die Ecke und bat ihn, möglichst schnell zu schießen, ehe meine Frau zurückkäme. Er zögerte – und verlangte nach Licht. Man brachte Kerzen. Ich verschloß die Tür, ordnete an, niemanden hereinzulassen, und bat ihn aufs neue, zu schießen. Er zog die Pistole hervor und legte auf mich an... Ich zählte die Sekunden...Ich dachte an sie... Das war eine entsetzliche Minute! Silvio ließ die Hand sinken. ›Ich bedaure‹, sagte er, ›daß die Pistole nicht mit Kirschkernen geladen ist... Eine Kugel wiegt schwer. Es kommt mir so vor, als wäre dies kein Duell, sondern Mord: Ich bin es nicht gewohnt, auf einen Unbewaffneten zu zielen. Beginnen wir von neuem, losen wir aus, wer zuerst schießen soll.‹ Mir drehte sich der Kopf... Ich glaube, ich widersprach... Schließlich luden wir noch eine Pistole, falteten zwei Kärtchen zusammen und legten sie in die Mütze, die ich seinerzeit durchschossen hatte, und wieder zog ich die erste Nummer. ›Du hast teuflisches Glück, Graf‹, sagte er mit einem Lächeln, das ich nie vergessen werde. Ich begreife nicht, was in mir vorging und wie es ihm gelang, mich dazu zu zwingen – doch ich drückte ab und traf dieses Bild.« (Der Graf zeigte auf das durchschossene Bild; sein Gesicht brannte wie Feuer; die Gräfin war bleicher als ihr Taschentuch; ich konnte einen Ausruf nicht unterdrücken.)

»Ich drückte ab«, fuhr der Graf fort, »und schoß Gott sei Dank – daneben; nun begann Silvio... – In dieser Minute war er wahrhaftig furchtbar – Silvio begann nun nach mir zu zielen. Plötzlich öffnet sich die Tür, Mascha kommt hereingelaufen und wirft sich mir mit einem Aufschrei an den Hals. Ihre Anwesenheit gab mir mein Gleichgewicht wieder. ›Aber Liebste‹, sagte ich, ›siehst du denn nicht, daß wir scherzen? Wie konntest du dich so erschrecken! Geh, trink ein Glas Wasser und komme wieder; ich werde dir dann einen alten Freund und Kameraden vorstellen.‹ Mascha wollte es immer noch nicht glauben.

›Sagen Sie, spricht mein Mann die Wahrheit?‹ fragte sie, an den furchterregenden Silvio gewendet. ›Ist es wahr, daß Sie beide scherzen?‹ – ›Er scherzt immer, Gräfin‹, antwortete ihr Silvio, ›aus Scherz hat er mir einmal eine Ohrfeige gegeben, aus Scherz hat er mir diese Mütze hier durchschossen, aus Scherz hat er mich eben verfehlt, jetzt habe auch ich Lust bekommen, zu scherzen...‹

Mit diesen Worten wollte er auf mich anlegen... in ihrer Gegenwart! Mascha warf sich ihm zu Füßen. ›Steh auf Mascha, schämst du dich nicht!‹ schrie ich wie ein Rasender. ›Und Sie Herr, wollen Sie endlich aufhören, eine arme Frau zu verhöhnen? Werden Sie endlich schießen oder nicht?‹ – ›Ich werde es nicht tun‹, sagte Silvio, ›ich bin zufrieden: Ich habe deine Bestürzung, deine Furchtsamkeit gesehen; ich habe dich gezwungen, auf mich zu schießen, ich bin zufriedengestellt. Du wirst an mich denken. Ich überlasse dich deinem Gewissen.‹ Hier wollte er hinausgehen, doch blieb er in der Tür stehen, sah sich nach dem Bild um, das ich getroffen hatte, schoß nach ihm, fast ohne zu zielen, und verschwand. Meine Frau war in Ohnmacht gefallen, die Dienerschaft wagte nicht, ihn aufzuhalten, und betrachtete ihn voller Entsetzen, er trat auf die Vortreppe hinaus, rief den Kutscher und fuhr fort, ehe ich zu mir gekommen war.«

Der Graf verstummte. Auf diese Weise erfuhr ich das Ende der Geschichte, deren Anfang mich einst so erstaunt hatte. Ihren Helden habe ich nicht mehr gesehen. Es wird erzählt, daß Silvio während des Aufstandes Alexander Ypsilantis eine Abteilung Hetäristen angeführt habe und in der Schlacht bei Sculeni gefallen sei.

DER SCHNEESTURM

Eilig geht der Pferde Lauf
Durch die hohen Wehen …
Seitwärts ist ein Gotteshaus
Ganz allein zu sehen.

. . . .

Plötzlich Schneesturm überall,
Mit den Flügeln pfeifend,
Fliegt durch weißen Flockenfall,
Fast den Schlitten streifend,
Schwarzer Rabe. Leid'ger Ton!
In die Ferne spähen
Unruhvoll die Pferde schon,
Ihre Mähnen wehen …

Shukowski

Gegen Ende des Jahres 1811, in einer für uns denkwürdigen Zeit, lebte auf seinem Gut Nenaradowo der gutherzige Gawrila Gawrilowitsch R. Er war im ganzen Kreis für seine Gastfreundlichkeit und sein Entgegenkommen bekannt; alle Augenblicke kamen Gäste angefahren, um zu essen, zu trinken und mit seiner Frau um fünf Kopeken Boston zu spielen; einige kamen auch, um sich die Tochter, Marja Gawrilowna, anzusehen, ein schlankes, blasses, siebzehnjähriges Mädchen. Sie galt als eine reiche Braut, und viele sahen sie schon in Gedanken als eigene Frau oder als die ihrer Söhne.

Marja Gawrilowna verdankte ihre Erziehung französischen Romanen, und infolgedessen war sie verliebt. Der Gegenstand, den sie sich auserwählt hatte, war ein armer Fähnrich, der den Urlaub in seinem Dorf verbrachte. Es versteht sich von selbst, daß der junge Mann von der gleichen Leidenschaft ergriffen war und daß die Eltern seiner Angebeteten, sowie sie die gegenseitige Zuneigung bemerkten, der Tochter verboten, auch nur an ihn zu denken, und ihn schlechter empfingen als einen Gerichtsbeisitzer in Ruhestand.

Unsere Liebenden standen im Briefwechsel und trafen sich jeden Tag heimlich im Kiefernwäldchen oder bei der alten Kapelle. Dort schworen sie sich ewige Liebe, beklagten ihr Schicksal und schmiedeten die verschiedensten Pläne. Auf diese Weise schrieben und unterhielten sie sich und gelangten (was durchaus natürlich ist) zu folgender Überlegung: Wenn einer ohne den anderen nicht atmen kann und der Wille der grausamen Eltern unserem Glück im Wege steht, wäre es dann nicht möglich, ohne diesen Willen auszukommen? Es versteht sich, daß dieser glückliche Gedanke zuerst dem jungen Mann gekommen war und daß er der romanhaften Einbildungskraft Marja Gawrilownas überaus gefiel.

Der Winter zog ein und bereitete ihren Zusammenkünften ein Ende; doch wurde der Briefwechsel dafür um so reger. Wladimir Nikolajewitsch flehte sie in jedem Brief an, die Seine zu werden, sich heimlich trauen zu lassen, sich für einige Zeit versteckt zu halten und danach den Eltern zu Füßen zu werfen, die, zu guter Letzt natürlich von der heroischen Standhaftigkeit und dem Unglück der Liebenden gerührt, unbedingt sagen werden: »Kinder, laßt euch umarmen!«

Marja Gawrilowna schwankte lange, und viele Fluchtpläne wurden verworfen. Schließlich war sie mit folgendem einverstanden: Am festgesetzten Tag sollte sie nicht zu Abend essen und sich unter dem Vorwand von Kopfschmerzen auf ihr Zimmer zurückziehen. Ihre Zofe war in die Verschwörung eingeweiht; beide sollten durch die Hintertür in den Garten hinausgehen, hinter dem Garten einen reisefertigen Schlitten vorfinden, sich hineinsetzen und in das fünf Werst von Nenaradowo entfernte Shadrino fahren, direkt vor die Kirche, wo sie Wladimir schon erwarten sollte.

Am Vorabend des entscheidenden Tages schlief Marja Gawrilowna die ganze Nacht nicht; sie packte ihre Sachen, bündelte Wäsche und Kleider, schrieb einen langen Brief an ein empfindsames Fräulein, ihre Freundin, und einen anderen an ihre Eltern. Sie nahm von ihnen in den rührendsten Ausdrücken Abschied, entschuldigte ihren Schritt mit der unüberwindlichen Macht der Leidenschaft und schloß mit den Worten, daß die glücklichste Minute ihres Lebens jene sein werde, in der es ihr erlaubt werde, sich den teuren Eltern zu Füßen zu werfen. Sie verschloß beide Briefe mit einem Tulaer Siegel, auf dem zwei flammende Herzen mit entsprechender Inschrift dargestellt waren, warf sich kurz vor Morgengrauen auf das Bett und fiel in einen leichten Schlaf: Doch auch hier weckten sie alle Augenblicke entsetzliche

Träume. Einmal schien es ihr, daß der Vater sie im Augenblick, da sie den Schlitten bestieg, um zur Trauung zu fahren, anhielt, mit beängstigender Schnelligkeit über den Schnee schleifte und sie in ein dunkles, abgrundtiefes unterirdisches Verlies warf... und sie flog mit einem unbeschreiblichen Gefühl des Schreckens kopfüber in die Tiefe; ein anderes Mal sah sie Wladimir blaß und blutig auf dem Rasen liegen. Sterbend bat er sie mit durchdringender Stimme, sich schnell mit ihm trauen zu lassen... Andere abscheuliche und unsinnige Träume lösten einander ab. Schließlich erhob sie sich, bleicher denn je und mit wirklichen Kopfschmerzen. Der Vater und die Mutter bemerkten ihre Unruhe. Ihre zärtliche Besorgtheit und ihre ununterbrochenen Fragen: »Was fehlt dir, Mascha? Du bist doch nicht etwa krank, Mascha?« schnitten ihr ins Herz. Sie suchte sie zu beruhigen, fröhlich zu scheinen – und konnte es nicht. Der Abend kam heran. Der Gedanke, daß dies der letzte Tag sei, den sie mit ihrer Familie verbringe, drückte ihr schier das Herz ab. Sie hielt sich kaum aufrecht, in Gedanken nahm sie Abschied von allen Personen und Gegenständen, die sie umgaben.

Das Abendbrot wurde aufgetragen; ihr Herz begann heftig zu schlagen. Mit bebender Stimme erklärte sie, daß sie nicht zu Abend essen wolle, und verabschiedete sich von dem Vater und der Mutter. Sie küßten und segneten sie wie gewöhnlich – beinah wäre Mascha in Tränen ausgebrochen. In ihrem Zimmer angelangt, warf sie sich in einen Sessel und ließ den Tränen freien Lauf. Die Zofe redete ihr zu, sich zu beruhigen und Mut zu fassen. Alles war bereit. In einer halben Stunde sollte Mascha für immer ihr Elternhaus, ihr Zimmer, ihr stilles Mädchenleben hinter sich lassen... Draußen tobte ein Schneesturm: Der Wind heulte, die Fensterläden klapperten und klopften laut; alles schien ihr voller Drohung und schlimmer Vorbedeutung. Bald wurde es im Hause still, und alle gingen zur Ruhe. Mascha wickelte sich einen Schal um, zog einen warmen Mantel über, nahm ihre Schatulle in die Hand und ging zum hinteren Ausgang. Das Dienstmädchen folgte ihr mit zwei Bündeln. Sie begaben sich in den Garten. Der Schneesturm hatte nicht nachgelassen; der Wind blies ihr entgegen, als wollte er die jugendliche Missetäterin aufhalten. Mit Mühe gelangten sie bis an das Ende des Gartens. Auf dem Weg wartete schon der Schlitten auf sie. Die frierenden Pferde hielten nicht still; Wladimirs Kutscher ging vor den Deichseln auf und ab und hielt die Ungeduldigen zurück. Er half dem Fräulein und ihrem Mädchen beim Einsteigen und beim Verstauen der Bündel und der Schatulle, nahm die Zügel, und die Pferde galoppierten davon. Überlassen wir das Fräulein dem Schutze des Schicksals und der Kunst des Kutschers Tereschka, und wenden wir uns unserem jungen Liebhaber zu.

Den ganzen Tag war Wladimir unterwegs gewesen. Am Morgen hatte er den Geistlichen von Shadrino aufgesucht und war mit Müh und Not mit ihm einig geworden; dann machte er sich auf den Weg, um unter den Gutsbesitzern der Nachbarschaft Trauzeugen zu suchen. Der erste, bei dem er erschien, der verabschiedete vierzigjährige Kornett Drawin, war gern dazu bereit. Dieses Abenteuer, versicherte er, erinnere ihn an die frühere Zeit und die Husarenstreiche. Er überredete Wladimir, zum Mittagessen dazubleiben, und behauptete, daß es an den übrigen zwei Zeugen nicht fehlen werde. In der Tat erschienen gleich nach dem Essen der Feldmesser Schmitt mit Schnurrbart und Sporen und der Sohn des Kreishauptmanns, ein Knabe von sechzehn Jahren, der seit kurzer Zeit bei den Ulanen war. Sie nahmen nicht nur den Vorschlag Wladimirs an, sondern schworen ihm, daß sie bereit seien, für ihn ihr Leben hinzugeben. Wladimir umarmte sie voller Begeisterung und fuhr nach Hause, um seine Vorbereitungen zu treffen.

Die Dämmerung war schon lange hereingebrochen. Er schickte seinen zuverlässigen Tereschka mit der Troika und genauen und weitläufigen Anweisungen nach Nenaradowo, für sich selbst aber ließ er vor den kleinen Schlitten nur ein Pferd spannen und machte sich allein, ohne Kutscher, auf den Weg nach Shadrino, wohin in ungefähr zwei Stunden auch Marja Gawrilowna kommen sollte. Der Weg war ihm bekannt, und zu fahren hatte er ungefähr zwanzig Minuten.

Doch kaum war Wladimir aus der Ortschaft auf das freie Feld hinausgefahren, als sich ein Wind aufmachte und ein solcher Schneesturm einsetzte, daß er nichts mehr erkennen konnte. Im Nu war der Weg zugeweht; die Umgebung verschwand hinter einem undurchsichtigen und gelblichen Schleier, durch den weiße Schneeflocken flogen; der Himmel verschmolz mit der Erde. Wladimir merkte, daß er sich auf den Feldern befand, und suchte vergebens, wieder auf den Weg zu gelangen; das Pferd lief aufs Geratewohl und fuhr alle Augenblicke in eine Schneewehe oder brach in eine Grube ein; der Schlitten schlug fortwährend um. – Wladimir bemühte sich, wenigstens die Richtung einzuhalten. Allein es schien ihm, daß schon mehr als eine halbe Stunde vergangen sei, und das Wäldchen von Shadrino hatte er noch nicht erreicht. Es vergingen ungefähr weitere zehn Minuten; das Wäldchen war immer noch nicht zu sehen. Wladimir fuhr über ein von tiefen Schluchten durchzogenes Feld. Der Schneesturm ließ nicht nach und der Himmel wurde nicht klarer. Das Pferd begann müde zu werden, und von ihm selbst floß der Schweiß in Strömen, obwohl er jeden Augenblick bis zum Gürtel im Schnee saß.

Schließlich sah er, daß er in die falsche Richtung fuhr. Wladimir hielt an: Er begann nachzudenken, sich zu erinnern, zu überlegen und kam zu dem Schluß, daß er sich nach rechts halten müsse. Er fuhr nach rechts. Sein Pferd lief kaum noch. Länger als eine Stunde war er schon unterwegs. Shadrino mußte nicht mehr weit sein. Doch er fuhr und fuhr, und das Feld nahm kein Ende. Nur Schneewehen und Schluchten; alle Augenblicke schlug der Schlitten um, alle Augenblicke richtete er ihn wieder auf. Die Zeit verging; Wladimir erfaßte eine große Unruhe.

Schließlich sah er seitwärts etwas Schwarzes. Wladimir lenkte dorthin. Als er näher kam, erkannte er das Wäldchen. Gott sei Dank, dachte er, jetzt ist es nicht mehr weit. Er fuhr am Rande des Wäldchens entlang, in der Hoffnung jeden Augenblick auf den bekannten Weg zu stoßen oder um das Wäldchen herumfahren zu können: Shadrino lag gleich dahinter. Bald hatte er einen Weg gefunden und fuhr in das Dunkel der vom Winter entblößten Bäume hinein. Der Wind konnte hier nicht toben, der Weg war glatt, das Pferd wurde munterer, und Wladimir beruhigte sich.

Doch er fuhr und fuhr, und von Shadrino war nichts zu sehen; das Wäldchen nahm kein Ende. Wladimir bemerkte voller Entsetzen, daß er in einen unbekannten Wald hineingefahren war. Verzweiflung überkam ihn. Er schlug auf das Pferd ein, das arme Tier begann im Trab zu laufen, doch bald hörte es auf, und nach einer Viertelstunde ging es wieder im Schritt, trotz aller Anstrengungen des unglücklichen Wladimir.

Allmählich wurde der Wald lichter, und Wladimir fuhr aus ihm heraus; Shadrino war nicht zu sehen. Es mußte gegen Mitternacht sein. Tränen schossen ihm aus den Augen; auf gut Glück fuhr er weiter. Der Sturm legte sich und die Wolken verzogen sich; vor ihm breitete sich eine weite, gleichsam mit einem weißen welligen Teppich bedeckte Ebene aus. Die Nacht war ziemlich klar. In der Nähe erblickte er ein kleines Dörfchen, das aus vier oder fünf Höfen bestand. Wladimir fuhr zu ihm hin. Bei der ersten Hütte sprang er aus dem Schlitten, lief zum Fenster und begann zu klopfen. Nach einigen Minuten wurde der Laden hochgehoben, und ein alter Mann steckte seinen grauen Bart hervor. »Was willst du?« – »Ist es noch weit bis Shadrino?« – » Ob's bis Shadrino weit ist?« – »Ja, ja! Ist es weit?« – »Nicht weit, ungefähr ein Dutzend Werst.« Bei dieser Antwort faßte sich Wladimir an den Kopf und stand, ohne sich zu rühren, wie ein zum Tode Verurteilter.

»Wo kommst du denn her?« fuhr der Alte fort. Wladimir hatte nicht den Mut, auf seine Fragen zu antworten. »Kannst du mir, Alter,« fragte er, »Pferde nach Shadrino beschaffen?« – »Was gibt's schon für Pferde bei uns«, antwortete der Bauer. »Kann ich nicht wenigstens einen Führer haben? Ich bezahle, was er verlangt.« – »Warte«, sagte der Alte und ließ wieder den Laden herunter, »ich schicke dir meinen Sohn, der führt dich.« Wladimir begann zu warten. Keine Minute war vergangen, als er wieder zu klopfen anfing. Der Laden wurde hochgehoben, der Bart zeigte sich. »Was willst du?« – »Wo bleibt denn dein Sohn?« – »Er kommt gleich, er zieht sich nur die Stiefel an. Oder frierst du? Komm rein und wärm dich.« – »Nein, danke, schicke nur schnell den Sohn.«

Das Tor quietschte in den Angeln; ein Bursche mit einem Knotenstock trat heraus und ging voran: bald zeigte er den von Schneewehen verdeckten Weg, bald suchte er ihn. »Wie spät ist es?« fragte ihn Wladimir.

»Bald wird's hell«, antwortete der junge Bauer. Wladimir sagte kein Wort mehr.

Die Hähne krähten, und es war schon hell, als sie Shadrino erreichten. Die Kirche war verschlossen. Wladimir entlohnte den Führer und fuhr zum Hof des Geistlichen. Auf dem Hof war seine Troika nicht zu sehen. Was für eine Nachricht erwartete ihn!

Doch kehren wir zu den freundlichen Gutsherren nach Nenaradowo zurück, und sehen wir, was sich bei ihnen tut.

Nichts tut sich bei ihnen.

Die Alten waren aufgewacht und hatten sich in das Gastzimmer begeben. Gawrila Gawrilowitsch in Schlafmütze und weicher haariger Hausjacke, Praskowja Petrowna in wattiertem Schlafrock. Der Samowar wurde hereingebracht, und Gawrila Gawrilowitsch schickte das Mädchen zu Marja Gawrilowna, um zu erfahren, wie es um ihre Gesundheit stehe, und wie sie geruht habe. Das Mädchen kehrte zurück und verkündete, daß das Fräulein schlecht geschlafen habe, doch daß es ihr jetzt besser ginge und sie gleich in das Gastzimmer käme. In der Tat öffnete sich die Tür, und Marja Gawrilowna trat herein, um Papa und Mama zu begrüßen.

»Hast du noch Kopfschmerzen, Mascha?« fragte Gawrila Gawrilowitsch. »Es geht mir besser, Väterchen«, antwortete Mascha. »Du hast bestimmt gestern zuviel Kohlengas eingeatmet, Mascha«, sagte Praskowja Petrowna. »Kann sein, Mütterchen«, antwortete Mascha.

Der Tag verlief ohne Zwischenfälle, doch zur Nacht wurde Mascha krank. Man schickte in die Stadt nach einem Arzt. Er kam gegen Abend und fand die Kranke phantasierend vor. Ein heftiges Fieber stellte sich ein, und die arme Kranke befand sich zwei Wochen am Rande des Grabes.

Niemand im Hause wußte von der beabsichtigten Flucht. Die Briefe, die sie am Vorabend geschrieben hatte, waren verbrannt; ihre Zofe erzählte niemandem etwas aus Angst vor dem Zorn der Herrschaft. Der Geistliche, der verabschiedete Kornett, der schnurrbärtige Feldmesser und der kleine Ulan hielten sich zurück, und das mit Recht. Der Kutscher Tereschka sagte niemals etwas Überflüssiges, nicht einmal im Rausch. Auf diese Weise wurde das Geheimnis von mehr als einem halben Dutzend Verschwörern gehütet. Allein Marja Gawrilowna gab im pausenlosen Fieberwahn selbst ihr Geheimnis preis. Ihre Worte klangen jedoch derart unwahrscheinlich, daß die Mutter, die nicht von ihrem Bett wich, ihnen nur zu entnehmen vermochte, ihre Tochter sei sterblich in Wladimir Nikolajewitsch verliebt und diese Liebe vermutlich auch der Grund ihrer Krankheit. Sie beriet sich mit ihrem Mann, mit einigen Nachbarn, und hierauf beschlossen alle einstimmig, daß dies anscheinend Marja Gawrilownas Schicksal sei, daß man dem Manne, der einem vorbestimmt ist, nicht einmal zu Pferde entgehen könne, daß Armut keine Sünde sei, daß es nicht auf Reichtum, sondern auf den Menschen ankäme, und was dergleichen mehr ist. Sprichwörter moralischen Inhalts sind erstaunlich nützlich in jenen Fällen, in denen uns selbst wenig zu unserer Rechtfertigung einfällt.

Unterdessen erholte sich das Fräulein nach und nach wieder. Wladimir hatte sich lange Zeit nicht im Hause Gawrila Gawrilowitschs sehen lassen. Er fürchtete den üblichen Empfang. Es wurde beschlossen, nach ihm zu schicken und ihm das unerwartete Glück mitzuteilen – die Einwilligung zur Ehe. Doch wie groß war das Erstaunen der Gutsherren von Nenaradowo, als sie auf ihre Einladung hin einen halbverrückten Brief von ihm erhielten! Er erklärte ihnen, daß sein Fuß nie wieder die Schwelle ihres Hauses betreten werde, und bat, einen Unglücklichen zu vergessen, für den der Tod die einzige Hoffnung geblieben sei. Einige Tage später erfuhren sie, daß Wladimir zur Armee abgereist sei. Das war im Jahre 1812.

Lange wagte niemand, dies der genesenden Mascha zu erzählen. Sie erwähnte Wladimir mit keinem Wort. Als sie dann nach einigen Monaten seinen Namen unter denjenigen fand, die sich bei Borodino ausgezeichnet hatten oder schwer verwundet wurden, fiel sie in Ohnmacht und man fürchtete einen Rückfall des Fiebers. Jedoch hatte der Ohnmachtsanfall Gott sei Dank keine Folgen.

Ein neuer Kummer suchte sie heim: Gawrila Gawrilowitsch starb und hinterließ ihr als Erbin das ganze Gut. Doch das Erbe tröstete sie nicht; sie teilte aufrichtig den Schmerz der armen Praskowja Petrowna und schwor, sich niemals von ihr zu trennen; beide verließen Nenaradowo, den Ort trauriger Erinnerungen, und fuhren zum ***en Gut, um dort zu leben.

Die Freier umschwärmten auch hier die anmutige und reiche Braut; doch sie machte keinem auch nur die geringste Hoffnung. Die Mutter versuchte sie manchmal zu überreden, sich einen Freund zu erwählen; Marja Gawrilowna wiegte jedoch den Kopf und versank in Nachdenken. Wladimir lebte schon nicht mehr: Er war in Moskau gestorben, am Vorabend der Einnahme durch die Franzosen. Sein Andenken schien Mascha heilig zu sein; jedenfalls hütete sie alles sorgsam, was an ihn erinnern konnte: Bücher, die er einstmals gelesen, seine Zeichnungen und die Noten und Gedichte, die er für sie abgeschrieben hatte. Die Nachbarn, die von allem erfuhren, wunderten sich über ihre Hartnäckigkeit und warteten voller Neugier auf den Helden, der schließlich über die bedauernswerte Treue der jungfräulichen Artemisia triumphieren mußte.

Unterdessen war der Krieg ruhmvoll beendet worden. Unsere Regimenter kamen aus der Fremde zurück. Das Volk lief, um sie zu begrüßen. Die Kapellen spielten Lieder, die sie während des Feldzuges erbeutet hatten: Vive Henri-Quatre, Tiroler Walzer und Arien aus der »Joconde«. Die Offiziere, die in den Krieg fast als Halbwüchsige gezogen waren, kehrten heim, im Kampf zu Männern herangereift und die Brust voller Orden. Die Soldaten unterhielten sich fröhlich und mengten alle Augenblicke deutsche und französische Wörter in ihre Rede. Unvergeßliche Zeit! Zeit des Ruhms und der Begeisterung! Wie heftig schlug jedes russische Herz bei dem Worte *Vaterland*! Wie süß waren die Tränen des Wiedersehens! Mit welcher Einmütigkeit floß das Gefühl des nationalen Stolzes mit dem der Liebe zum Herrscher zusammen! Und für ihn, was für ein Augenblick!

Die Frauen, die russischen Frauen, waren damals unvergleichlich! Ihre gewöhnliche Kälte verschwand. Ihre Begeisterung war wahrhaft berauschend, als sie die Sieger begrüßten, hurra riefen.

Und in die Luft die Hauben warfen.

Wer von den damaligen Offizieren gesteht nicht ein, daß er der russischen Frau die beste und wertvollste aller Belohnungen verdankt? ...

In dieser glanzvollen Zeit lebte Marja Gawrilowna mit ihrer Mutter im ***en Gouvernement und sah nicht, wie beide Hauptstädte die Heimkehr der Truppen feierten. Doch in den Kreisen und Dörfern war die allgemeine Begeisterung vielleicht noch größer. Wenn dort ein Offizier erschien, so war dies für ihn ein wahrer Triumph, und dem Verehrer im Frack erging es nicht gut in seiner Nähe.

Wir sagten bereits, daß Marja Gawrilowna trotz ihrer Kälte auch weiterhin von Freiern umgeben war. Doch alle traten in den Hintergrund, als in ihrem Schloß der verwundete Husarenoberst Burmin erschien, mit dem Georgskreuz im Knopfloch und einer *interessanten Blässe*, wie es die dortigen Fräulein nannten. Er war ungefähr sechsundzwanzig Jahre alt. Er war gekommen, um den Urlaub auf seinen Besitzungen zu verbringen, die nicht weit von dem Dorfe Marja Gawrilownas lagen. Marja Gawrilowna zeichnete ihn vor den anderen sehr aus. In seiner Gegenwart machte ihre gewöhnliche Nachdenklichkeit einer gewissen Lebhaftigkeit Platz. Man konnte nicht behaupten, daß sie mit ihm kokettierte, doch der Dichter hätte zu ihrem Benehmen gesagt:

Se amor non è che dunque?...

Burmin war in der Tat ein sehr liebenswürdiger junger Mann. Er besaß gerade jene Fähigkeiten, die den Frauen gefallen: Anstand, Beobachtungsgabe, keinerlei Anmaßung und eine unbekümmerte Spottlust. Marja Gawrilowna gegenüber benahm er sich schlicht und zwanglos; doch was sie auch sagte oder tat, seine Augen, sein ganzes Wesen waren nur auf sie gerichtet. Er schien von stiller und bescheidener Art zu sein, allerdings wollte das Gerücht wissen, daß er seinerzeit ein entsetzlicher Tunichtgut gewesen war, doch schadete ihm das nicht in den Augen Marja Gawrilownas, die, übrigens wie alle jungen Damen, mit Vergnügen Streiche verzieh, welche Kühnheit und Feurigkeit des Charakters verrieten.

Doch mehr als alles... (mehr als seine Zärtlichkeit, mehr als seine angenehme Unterhaltung, mehr als seine interessante Blässe, mehr als seine verbundene Hand) reizte sein Schweigen ihre Neugier und ihre Phantasie. Sie konnte sich nicht verhehlen, daß sie ihm sehr gefiel; wahrscheinlich hatte auch er mit seinem Verstand und seiner Erfahrung schon bemerkt, daß sie ihn auszeichnete: Aber warum hatte er sich ihr bis jetzt noch nicht zu Füßen geworfen und seine Liebe gestanden? Was hielt ihn zurück? Schüchternheit, ohne die es keine wahre Liebe gibt, Stolz oder die Koketterie eines durchtriebenen Schürzenjägers? Dies war für sie ein Rätsel. Sie dachte ordentlich darüber nach und kam zu dem Schluß, daß Schüchternheit der einzige Grund dafür sei, und nahm sich vor, ihm durch noch größere Aufmerksamkeit Mut zu machen und, falls es die Umstände erlauben sollten, sogar durch Zärtlichkeit. Sie bereitete eine gänzlich unerwartete Lösung vor und erwartete voller Ungeduld den Augenblick einer romantischen Liebeserklärung. Ein Geheimnis, welcher Art es auch sei, ist für ein Frauenherz immer eine Last. Ihre Kriegslist hatte den gewünschten Erfolg; wenigstens verfiel Burmin in eine solche Nachdenklichkeit, und seine Augen ruhten mit solch einem Feuer auf Marja Gawrilowna, daß der entscheidende Augenblick nicht mehr fern zu sein schien. Die Nachbarn sprachen von der Hochzeit wie von einer ausgemachten Sache, und die gute Praskowja Petrowna freute sich, daß ihre Tochter endlich einen würdigen Freier gefunden hatte.

Die alte Frau saß eines Tages allein im Empfangszimmer und legte eine Grande-Patience, als Burmin in das Zimmer trat und sich sofort nach Marja Gawrilowna erkundigte. »Sie ist im Garten«, antwortete die Alte. »Gehen Sie zu ihr, ich werde hier auf euch warten.« Burmin ging, und die Alte bekreuzigte sich und dachte: Vielleicht findet die Sache heute noch ihren Abschluß!

Burmin traf Marja Gawrilowna am Teich unter einer Weide an, sie hielt ein Buch in der Hand, trug ein weißes Kleid und sah wie eine echte Romanheldin aus. Nach den ersten Fragen vermied es Marja Gawrilowna, das Gespräch fortzusetzen, um auf diese Weise die gegenseitige Verwirrung zu vergrößern, aus der man sich nur durch ein überraschendes und entschlossenes Liebesbekenntnis befreien konnte. Und so geschah es dann auch: Burmin, der die Schwierigkeit seiner Lage empfand, erklärte, er habe schon lange nach einer Möglichkeit gesucht, ihr sein Herz zu eröffnen, und bat für einen Augenblick um ihre Aufmerksamkeit. Marja Gawrilowna schloß ihr Buch und senkte die Augen zum Zeichen des Einverständnisses.

»Ich liebe Sie«, sagte Burmin, »ich liebe Sie leidenschaftlich...« Marja Gawrilowna errötete und ließ den Kopf noch tiefer sinken. »Es war eine Unvorsichtigkeit von mir, mich der liebgewordenen Gewohnheit zu überlassen, Sie tagtäglich zu sehen und zu hören...« Marja Gawrilowna erinnerte sich an den ersten Brief des Saint-Preux. »Jetzt ist es schon zu spät, meinem Schicksal widerstehen zu wollen, die Erinnerung an Sie, Ihr liebes unvergleichliches Bild wird von nun an zugleich Schmerz und Freude meines Lebens sein; doch es bleibt mir noch, einer schweren Pflicht nachzukommen: Ich muß Ihnen ein furchtbares Geheimnis mitteilen: Ein unüberwindliches Hindernis liegt zwischen uns...« – »Es hat immer bestanden«, unterbrach ihn Marja Gawrilowna voller Lebhaftigkeit, »ich hätte nie Ihre Frau werden können...« – »Ich weiß«, antwortete er still. »Ich weiß, daß Sie einst liebten, doch der Tod und drei Jahre der Trauer... Liebe, gute Marja Gawrilowna, nehmen Sie mir nicht den letzten Trost – die Vorstellung, daß Sie einverstanden wären, mich glücklich zu machen, wenn nicht... schweigen Sie, um Himmels Willen, schweigen Sie, Sie quälen mich. Ja, ich weiß es, ich fühle es, Sie würden die Meinige sein, doch – ich bin das unglücklichste Geschöpf... Ich bin verheiratet!«

Marja Gawrilowna sah ihn voller Befremden an.

»Ich bin verheiratet«, fuhr Burmin fort. «Ich bin schon das vierte Jahr verheiratet, und ich weiß nicht, wer meine Frau ist, wo sie ist und ob ich sie je treffen werde!«

»Was sagen Sie da?« rief Marja Gawrilowna aus. »Wie seltsam das ist! Fahren Sie fort, ich erzähle Ihnen nachher... doch fahren Sie fort, ich bitte Sie!«

»Zu Beginn des Jahres 1812«, sagte Burmin, »eilte ich nach Wilna, wo unser Regiment lag. Eines Tages kam ich spätabends zu einer Poststation; ich hatte schon befohlen, schnellstens die Pferde anzuspannen, als ein entsetzlicher Schneesturm losbrach, so daß der Postmeister und die Fuhrleute mir rieten, abzuwarten. Ich hörte auf sie, doch eine unbegreifliche Unruhe hatte mich erfaßt, es schien, als triebe mich jemand nur so voran. Der Schneesturm hatte unterdessen nicht nachgelassen; ich hielt es nicht mehr aus, wiederholte meinen Befehl und fuhr während des stärksten Sturmes ab. Meinem Kutscher fiel es ein, auf dem Fluß entlang zu fahren, was uns den Weg um drei Werst verkürzen sollte. Aber die Ufer waren verweht, und der Kutscher fuhr an der Ausfahrt zum Weg vorbei, und auf diese Weise befanden wir uns plötzlich in einer unbekannten Gegend. Der Sturm tobte nach wie vor. Ich erspähte ein Licht und befahl, dorthin zu fahren. Wir gelangten in ein Dorf. Das Licht kam aus einer Holzkirche. Ihre Tür stand offen, hinter dem Zaun hielten mehrere Schlitten, und auf dem Vorplatz bewegten sich Menschen. ›Hierher! Hierher!‹ riefen mehrere Stimmen. Ich befahl dem Kutscher heranzufahren. ›Ich bitte dich, wo bist du die ganze Zeit geblieben?‹ sagte jemand zu mir. ›Die Braut ist ohnmächtig, der Pope weiß nicht, was er machen soll; wir wollten schon wieder zurückfahren. Steig schnell aus.‹ Ohne ein Wort zu sagen, sprang ich aus dem Schlitten und trat in die Kirche, die schwach von zwei oder drei Kerzen erleuchtet war. Ein Mädchen saß auf einer Bank in einer dunklen Ecke; ein anderes Mädchen rieb ihr die Schläfen. ›Gott sei Dank‹, sagte dieses, ›endlich sind Sie gekommen. Sie haben das Fräulein beinahe zu Tode gequält.‹ Ein alter Geistlicher trat an mich heran und fragte: ›Befehlen Sie zu beginnen?‹ – ›Beginnen Sie, beginnen Sie, Väterchen‹, antwortete ich zerstreut. Sie stellten das Mädchen auf die Beine und stützten es. Sie schien nicht übel zu sein... Welch ein unverständlicher, unverzeihlicher Leichtsinn... Ich stellte mich neben sie vor den Altar; der Geistliche beeilte sich; drei Männer und die Zofe hielten die Braut und waren nur mit ihr beschäftigt. Wir wurden getraut. ›Küßt euch‹, sagte man uns. Meine Frau wandte mir ihr bleiches Gesicht zu. Ich wollte sie gerade küssen... Da rief sie: ›Ach, er ist es nicht! Er ist es nicht!‹ und fiel bewußtlos zu Boden. Die Zeugen richteten ihre erschrockenen Blicke auf mich. Ich drehte mich um, ging aus der Kirche, ohne von jemandem daran gehindert zu werden, warf mich in den Schlitten und schrie: ›Vorwärts!‹«

»Du lieber Gott!« rief Marja Gawrilowna, »und Sie wissen nicht, was aus Ihrer armen Frau geworden ist?«

»Ich weiß es nicht«, antwortete Burmin. »Ich weiß nicht, wie das Dorf heißt, wo ich getraut wurde, ich erinnere mich nicht, von welcher Poststation ich abgefahren bin. Damals maß ich meinem verbrecherischen Streich so wenig Bedeutung bei, daß ich sogleich einschlief, als ich von der Kirche abgefahren war, und erst am Morgen des folgenden Tages, auf der dritten Station, aufwachte. Der Diener, der mich damals begleitete, ist während des Feldzuges gestorben, so daß ich nicht einmal die Hoffnung habe, jene zu finden, mit der ich solch grausamen Scherz getrieben und die nun so grausam gerächt ist.«

»Du lieber Gott, du lieber Gott!« sagte Marja Gawrilowna und ergriff seine Hand. »Sie waren das also! Und Sie erkennen mich nicht wieder?«

Burmin erblaßte – und warf sich ihr zu Füßen...

DER SARGMACHER

Sehn wir nicht Särge jeden Tag,
Alternden Weltalls graue Haare?
Dershawin

Die letzten Habseligkeiten des Sargmachers Adrian Prochorow wurden auf den Leichenwagen geladen, und das magere Pferdepaar schleppte sich zum vierten Male von der Basmannaja zur Nikitskaja, wohin der Sargmacher mit seiner ganzen Familie umgezogen war. Er verriegelte den Laden, schlug eine Bekanntmachung an das Tor, daß das Haus zu verkaufen oder zu vermieten sei, und machte sich zu Fuß auf den Weg zu seiner neuen Wohnung. Als er sich dem gelben Häuschen näherte, das so lange seine Phantasie beschäftigt hatte und von ihm für eine stattliche Summe gekauft worden war, merkte der alte Sargmacher voller Verwunderung, daß er sich gar nicht freute. Als er die fremde Schwelle überschritten und in seiner neuen Wohnung nur Durcheinander vorgefunden hatte, seufzte er auf und dachte an seine armselige baufällige Hütte, in der achtzehn Jahre lang die allerstrengste Ordnung geherrscht hatte, schimpfte seine beiden Töchter und die Dienstmagd wegen ihrer Saumseligkeit aus und begann selbst Hand anzulegen. Bald darauf hatte alles seinen Platz gefunden; Heiligenschrein, Geschirrschrank, Tisch, Sofa und Bett standen in den für sie bestimmten Ecken des hinteren Zimmers, und in der Küche und im Wohnzimmer waren die Erzeugnisse des Hausherrn untergebracht worden: Särge in allen Farben und Größen sowie Schränke mit Trauerhüten, langen Umhängen und Fackeln. Über dem Tor ragte ein Schild, auf dem ein wohlgenährter Amor mit einer gesenkten Fackel in der Hand dargestellt war, und darunter stand: »Hier werden einfache und farbige Särge verkauft und ausgeschmückt sowie alte Särge verliehen und ausgebessert«. Die Mädchen gingen in ihre Stube. Adrian besah seine Wohnung, setzte sich ans Fenster und ließ den Samowar fertigmachen.

Der gebildete Leser weiß, daß sowohl Shakespeare als auch Walter Scott ihre Totengräber als fröhliche und lustige Menschen dargestellt haben, um durch diesen Gegensatz unsere Einbildungskraft stärker zu beeindrucken. Aus Achtung vor der Wahrheit können wir ihrem Beispiel nicht folgen und sehen uns gezwungen zuzugeben, daß die Gemütsart unseres Sargmachers vollkommen seinem düsteren Handwerk entsprach. Adrian Prochorow war gewöhnlich finster und nachdenklich. Sein Schweigen unterbrach er höchstens, um seine Töchter zurechtzuweisen, wenn er sie ohne Arbeit am Fenster ertappte, wie sie ihre Blicke nicht von den Vorübergehenden wenden konnten, oder um für seine Erzeugnisse einen erhöhten Preis von denen zu fordern, die das Unglück hatten (manchmal aber auch das Vergnügen), sie zu benötigen. Adrian also saß am Fenster, trank die siebente Tasse Tee und gab sich nach seiner Gewohnheit traurigen Überlegungen hin. Er dachte an den

Platzregen, der ihn vor einer Woche beim Begräbnis des Brigadegenerals a.D. direkt am Stadttor überrascht hatte. Viele Umhänge waren davon eingelaufen, und viele Hüte hatten sich gewellt. Er sah unvermeidliche Ausgaben voraus, da sein alter Vorrat an Trauergewändern in einen bedauernswerten Zustand geraten war. Er hatte gehofft, den Verlust an der alten Kaufmannsfrau Trjuchina wettzumachen, die schon ungefähr ein Jahr lang todkrank war. Doch die Trjuchina siechte am Rasguljai dahin, und Prochorow fürchtete, daß die Erben, trotz ihres Versprechens, sich nicht auf den weiten Weg zu ihm bequemen und mit dem nächstgelegenen Unternehmer handelseinig werden könnten.

Diese Überlegungen wurden unverhofft durch ein dreimaliges Klopfen in der Art der Freimaurer unterbrochen. »Wer da?« fragte der Sargmacher. Die Tür öffnete sich, und ein Mann, dem man auf den ersten Blick den deutschen Handwerker ansah, trat in das Zimmer und näherte sich mit fröhlichem Gesicht dem Sargmacher. »Entschuldigen Sie, lieber Nachbar«, sagte er in jener russischen Aussprache, die wir bis auf den heutigen Tag nicht ohne Lachen hören können, »entschuldigen Sie, daß ich Sie gestört habe... Ich wollte möglichst schnell Ihre Bekanntschaft machen. Ich bin Schuster, mein Name ist Gottlieb Schulz, ich wohne auf der anderen Seite der Straße, in diesem Häuschen dort, gegenüber von Ihren Fenstern. Morgen feiere ich meine silberne Hochzeit, und ich bitte Sie und Ihre Töchter, nach

Freundesart bei mir zu speisen.« Die Einladung wurde wohlwollend angenommen. Der Sargmacher bat den Schuster, sich zu setzen und eine Tasse Tee zu trinken, und dank der Offenherzigkeit des Gottlieb Schulz entwickelte sich bald ein freundschaftliches Gespräch. »Wie geht das Geschäft des Herrn?« fragte Adrian. »E-he-he«, antwortete Schulz, »mal so, mal so. Ich kann nicht klagen. Obwohl natürlich meine Ware Ihrer nicht gleichkommt: Ein Lebender kommt ohne Stiefel aus, doch ein Toter kann ohne Sarg nicht leben.« – »Die reine Wahrheit«, bemerkte Adrian, »doch wenn der Lebende nichts hat, wovon er sich Stiefel kaufen könnte, so – nichts für ungut – geht er barfuß, aber eine arme Leiche nimmt sich ihren Sarg umsonst.« In dieser Art ging das Gespräch noch eine Weile, schließlich stand der Schuster auf, verabschiedete sich von dem Sargmacher und wiederholte dabei seine Einladung.

Am nächsten Tage, Punkt zwölf Uhr, traten der Sargmacher und seine Töchter aus der Pforte des neu erworbenen Hauses und gingen zum Nachbarn. Ich will weder den langschößigen russischen Rock Adrian Prochorows noch die europäische Aufmachung Akulinas und Darjas beschreiben und weiche in diesem Fall von der Gewohnheit ab, der unsere Romanciers von heute huldigen. Allerdings halte ich es nicht für überflüssig zu bemerken, daß sich beide Mädchen gelbe Hüte aufgesetzt und rote Schuhe angezogen hatten, was bei ihnen nur zu feierlichen Gelegenheiten geschah.

Die enge Behausung des Schusters war voller Gäste, vorwiegend deutscher Handwerker mit ihren Frauen und Gesellen. Von den russischen Beamten war nur ein Polizeiwächter anwesend, der Finne Jurko, der es trotz seines geringen Standes verstanden hatte, das besondere Wohlwollen des Hausherrn zu erringen. Etwa fünfundzwanzig Jahre diente er in diesem Beruf nach bestem Wissen und Gewissen wie Pogorelskijs Postillion. Der Brand vom Jahre 1812, der die alte Hauptstadt vernichtete, zerstörte auch sein gelbes Wächterhäuschen. Doch sowie der Feind verjagt war, erschien an der Stelle des alten ein neues Häuschen von grauer Farbe und mit weißen dorischen Säulchen, und Jurko spazierte wieder »mit Streitaxt und einer Rüstung aus grobem Tuch« vor ihm auf und ab. Die meisten Deutschen, die am Nikitskij-Tor wohnten, kannten ihn. Manche von ihnen hatten sogar vom Sonntag zum Montag bei Jurko übernachten müssen. Adrian machte sich sogleich bekannt mit ihm, weil der Wächter ein Mensch war, den man früher oder später brauchen konnte, und als die Gäste zu Tisch gingen, setzten sie sich nebeneinander. Herr und Frau Schulz und ihre Tochter, das siebzehnjährige Lottchen, aßen mit den Gästen, bewirteten sie vereint und halfen der Köchin beim Bedienen. Das Bier floß in Strömen. Jurko aß für vier; Adrian stand ihm nicht nach; seine Töchter zierten sich; die Unterhaltung in deutscher Sprache wurde von Stunde zu Stunde lebhafter. Plötzlich bat der Hausherr um Aufmerksamkeit, öffnete eine mit Pech versiegelte Flasche und sagte laut auf russisch: »Auf das Wohl meiner guten Luise!« Der Halbchampagner schäumte. Der Hausherr küßte zärtlich das frische Gesicht seiner vierzigjährigen Lebensgefährtin, und lärmend tranken die Gäste auf das Wohl der guten Luise. »Auf das Wohl meiner liebenswürdigen Gäste!« rief der Hausherr und entkorkte eine zweite Flasche – und die Gäste bedankten sich und leerten von neuem ihre Gläser. Nun folgte ein Trinkspruch dem anderen: Es wurde auf das Wohl jedes einzelnen Gastes getrunken, ein Hoch auf Moskau und ein ganzes Dutzend deutscher Städte ausgebracht, auf sämtliche Zünfte im allgemeinen und jede Zunft im besonderen, auf das Wohl der Meister und auf das der Gesellen ein Glas geleert. Adrian trank eifrig und wurde so lustig, daß er selbst irgendeinen spaßigen Trinkspruch ausbrachte. Plötzlich erhob einer der Gäste, ein dicker Bäcker, sein Glas und rief aus: »Auf das Wohl derjenigen, für die wir arbeiten, auf das Wohl *unserer Kundleute*[1]!« Dieser Vorschlag wurde, wie alle anderen, freudig und einstimmig angenommen. Die Gäste begannen sich voreinander zu verbeugen, der Schneider vor dem Schuster, der Schuster vor dem Schneider, der Bäcker vor beiden, alle vor dem Bäcker und so fort. Jurko wandte sich inmitten all dieser gegenseitigen Verbeugungen seinem Nachbarn zu und schrie: »Was denn? Trinke doch, mein Lieber, auf das Wohl deiner Leichen.« Alle lach-

* Bei Puschkin deutsch. (Der Übersetzer.)

ten, doch der Sargmacher fühlte sich beleidigt und machte ein finsteres Gesicht. Niemand bemerkte es, die Gäste tranken weiter, und es läutete schon zum Abendgottesdienst, als sie sich vom Tisch erhoben.

Die Gäste gingen spät fort, die meisten von ihnen waren angeheitert. Der dicke Bäcker und ein Buchbinder, dessen Gesicht

In rotes Saffianleder gebunden schien,

griffen Jurko unter die Arme und führten ihn zu seinem Wächterhäuschen, in diesem Falle dem russischen Sprichwort folgend: »Ein Dienst ist des anderen wert«. Der Sargmacher kam betrunken und wütend nach Hause. »Wahrhaftig, was soll das heißen«, überlegte er laut, »warum soll mein Beruf weniger ehrenhaft sein als die anderen? Hat denn ein Sargmacher etwas mit dem Henker zu tun? Worüber lachen diese Heiden? Ist der Sargmacher etwa ein Hanswurst? Ich wollte sie einladen, um meinen Einzug zu feiern, und ihnen ein großes Festmahl geben – doch daraus wird nichts! Und einladen werde ich diejenigen, für die ich arbeite: die rechtgläubigen Toten.« – »Was fällt dir ein, Väterchen?« sagte die Dienstmagd, die ihm gerade die Schuhe auszog. »Was redest du da? Bekreuzige dich! Die Toten zur Einzugsfeier einzuladen! Ach du lieber Schreck!« – »Bei Gott, ich lade sie ein«, fuhr Adrian fort, »und schon für morgen. Herzlich willkommen, mein Wohltäter, morgen abend zum Festmahl, mit allem, was Gott uns beschert, werde ich euch bewirten.« Mit diesen Worten ging der Sargmacher zu Bett, und bald hörte man ihn schnarchen.

Auf dem Hof war es noch dunkel, als man Adrian weckte. Die Kaufmannsfrau Trjuchina war in dieser Nacht verschieden, und ein Eilbote von ihrem Verwalter war mit dieser Nachricht zu Adrian galoppiert. Der Sargmacher gab ihm zehn Kopeken Trinkgeld, zog sich schnell an, nahm eine Droschke und fuhr nach dem Rasguljai hinaus. Am Tor der Verstorbenen stand schon die Polizei, und Kaufleute gingen davor auf und ab wie Krähen, die einen Kadaver wittern. Die Tote lag auf dem Tisch, sie war gelb wie Wachs, aber noch nicht von der Verwesung entstellt. Rings um sie drängten sich die Verwandten, Nachbarn und das Gesinde. Alle Fenster waren geöffnet; die Kerzen brannten; die Geistlichen lasen ihre Gebete. Adrian trat an den Neffen der Trjuchina heran, einen jungen Kaufmann in modischem Rock, und teilte ihm mit, daß Sarg, Kerzen, Leichentuch und andere für das Begräbnis notwendige Dinge sofort in bestem Zustand geliefert würden. Der Erbe dankte zerstreut und sagte, um den Preis werde er nicht feilschen und sich in allem auf seine Ehrlichkeit verlassen. Der Sargmacher rief gewohnheitsmäßig Gott zum Zeugen an, daß er nicht mehr nähme, als ihm zustände, wechselte einen bedeutsamen Blick mit dem Verwalter und machte sich auf, um alles in die Wege zu leiten. Den ganzen Tag fuhr er zwischen dem Rasguljai und dem Nikitskij-Tor hin und her; gegen Abend hatte er alles erledigt, entließ den Kutscher und ging zu Fuß nach Hause. Es war eine mondhelle Nacht. Der Sargmacher kam wohlbehalten bis zum Nikitskij-Tor. Am Wosnessenje rief ihn Jurko, unser alter Bekannter, an, als er den Sargmacher erkannte, wünschte er ihm eine gute Nacht. Es war spät. Der Sargmacher näherte sich bereits seinem Hause, da schien es ihm plötzlich, als sei jemand an seiner Gartenpforte angelangt, habe sie geöffnet und sei darin verschwunden. Was hat das zu bedeuten? dachte Adrian. Wer braucht mich schon wieder? Es wird doch nicht ein Dieb gewesen sein? Oder kommen vielleicht Liebhaber zu meinen dummen Gänsen? Das hätte noch gefehlt! Und der Sargmacher wollte schon seinen Freund Jurko zu Hilfe rufen. In diesem Augenblick nahte noch jemand und wollte hineingehen, als er aber den herbeieilenden Hausherrn sah, blieb er stehen und zog seinen Dreispitz. Sein Gesicht kam Adrian bekannt vor, in der Eile jedoch konnte er es nicht ordentlich betrachten. »Sie wollen zu mir«, sagte der keuchende Adrian, »treten Sie ein, seien Sie so freundlich.« – »Mach nicht soviel Umstände, mein Lieber«, sagte jener dumpf. »Geh schön voraus, weis den Gästen den Weg!« Adrian hatte auch keine Zeit, viele Umstände zu machen. Die Pforte stand offen, er ging zur Treppe, und jener folgte ihm. Adrian wollte es scheinen, als ob in seinen Zimmern Leute umhergingen. Was ist das für ein Teufelsspuk, dachte er, trat eilig ein – und konnte sich nur mit Mühe auf den Beinen halten. Das Zimmer war voller Leichen. Der Mond schien durch das

Fenster auf ihre gelben und blauen Gesichter, auf die eingefallenen Münder, auf die trüben, halbgeschlossenen Augen und hervorstehenden Nasen... Adrian erkannte zu seinem Schrecken in ihnen diejenigen Leute, die alle durch seine Bemühungen begraben worden waren, und in dem Gast, der zusammen mit ihm eingetreten war, den während des Platzregens beerdigten Brigadegeneral. Die Damen und die Männer umringten alle den Sargmacher unter Verbeugungen und Begrüßungen, nur ein armer Mann, den man vor kurzem umsonst begraben hatte und der sich genierte und seiner abgerissenen Kleidung schämte, näherte sich nicht und stand demütig in der Ecke. Die übrigen waren alle anständig gekleidet: Die toten Damen trugen Hauben und Bänder, die toten Herren von Rang ihre Uniform, nur ihre Bärte waren unrasiert, und die Kaufleute hatten ihre Feiertagsröcke an. »Siehst du, Prochorow«, sprach der Brigadegeneral im Namen der ganzen ehrbaren Gesellschaft, »wir alle sind auf deine Einladung hin aufgebrochen; zu Hause geblieben sind nur diejenigen, die dazu bereits nicht mehr in der Lage sind, die vollständig auseinandergefallen und von denen nur noch Knochen ohne Haut übriggeblieben sind; doch auch unter ihnen hat es einer nicht ausgehalten – er wollte dich so gern besuchen...« In diesem Augenblick drängte sich ein kleines Skelett durch die Menge und trat an Adrian heran. Der Totenschädel lächelte den Sargmacher zärtlich an. Fetzen hellgrünen und roten Stoffes und brüchiger Leinwand hingen wie an einer Stange an ihm herunter, und die Beinknochen schlugen in großen Kanonenstiefeln hin und her wie Stößel in einem Mörser. »Du hast mich nicht wiedererkannt, Prochorow«, sagte das Skelett. »Erinnerst du dich nicht mehr an den verabschiedeten Gardesergeanten Pjotr Petrowitsch Kurilkin, an genau denselben, dem du 1799 deinen ersten Sarg verkauft hast – und noch dazu Kiefer für Eiche?« Mit diesen Worten wollte der Tote ihn in seine knöchernen Arme schließen, doch Adrian nahm alle Kraft zusammen, schrie auf und stieß ihn von sich. Pjotr Petrowitsch schwankte, stürzte und fiel in einzelne Stücke auseinander. Unter den Leichen erhob sich ein Gemurmel der Empörung; alle traten für die Ehre ihres Kameraden ein, näherten sich Adrian unter Schimpfen und Drohen; und der arme Hausherr, betäubt von ihrem Geschrei und fast erdrückt, verlor die Geistesgegenwart, fiel selbst auf die Knochen des verabschiedeten Gardesergeanten und verlor das Bewußtsein.

Die Sonne schien schon lange auf das Bett, in dem der Sargmacher lag. Schließlich öffnete er die Augen und sah die Dienstmagd vor sich, wie sie das Feuer im Samowar anblies. Mit Schrecken dachte Adrian an alles, was gestern vorgefallen war. Unklar sah er die Trjuchina, den Brigadegeneral und den Sergeanten Kurilkin vor sich. Schweigend wartete er darauf, daß die Dienstmagd ein Gespräch mit ihm beginne und ihm von den Folgen der nächtlichen Abenteuer erzähle.

»Du hast aber lang geschlafen, Väterchen Adrian

Prochorowitsch«, sagte Aksinja und reichte ihm den Schlafrock. »Unser Nachbar, der Schneider, war zu dir gekommen, und auch der hiesige Wächter war hier und hat gesagt, daß der Polizeioffizier seinen Namenstag feiert; doch du geruhtest zu schlafen, und wir wollten dich nicht wecken.«

»Ist jemand von der verstorbenen Trjuchina zu mir gekommen?«

»Wieso verstorbenen? Ist sie denn tot?«

»So eine Gans! Warst du es denn nicht, die mir gestern geholfen hat, ihr Begräbnis in die Wege zu leiten?«

»Was fällt dir ein, Väterchen? Hast du etwa den Verstand verloren, oder hast du deinen Rausch von gestern noch nicht ausgeschlafen? Was für ein Begräbnis soll gestern gewesen sein? Den ganzen Tag hast du bei dem Deutschen gezecht, bist betrunken nach Hause gekommen, gleich ins Bett gefallen, und bis jetzt hast du geschlafen, sogar zum Hochamt hat es schon geläutet.«

»Oje!« sagte der erfreute Sargmacher.

»So und nicht anders war es«, entgegnete die Dienstmagd.

»Nun, wenn es so steht, dann mach schnell den Tee und rufe die Töchter.«

DER POSTMEISTER

> Kollegienregistrator,
> Der Poststation Diktator.
> *Fürst Wjasemski*

Wer hat die Postmeister noch nicht verflucht, wer hat mit ihnen noch nicht herumgeschimpft? Wer hat im Augenblick des Zorns von ihnen nicht das verhängnisvolle Buch gefordert, um darin seine nutzlose Beschwerde über Unterdrückung, Grobheit und Nachlässigkeit einzutragen? Wer hält sie nicht für Ungeheuer in Menschengestalt, ähnlich den früheren Amtsschreibern oder zumindest den Muromsker Räubern? Doch seien wir gerecht, versuchen wir, uns in ihre Lage zu versetzen, und vielleicht werden wir über sie viel nachsichtiger urteilen. Was ist ein Postmeister? Ein wahrer Märtyrer der vierzehnten Klasse, den sein Dienstrang nur vor Schlägen schützt, und auch das nicht immer. (Ich appelliere an die Ehrlichkeit meiner Leser.) Worin besteht der Dienst dieses Diktators, wie ihn Fürst Wjasemskij scherzhaft nennt? Ist das nicht die reinste Sträflingsarbeit? Weder Tag noch Nacht Ruhe. Allen Ärger, der sich während der langweiligen Fahrt angesammelt hat, läßt der Reisende an dem Postmeister aus. Das Wetter ist unerträglich, der Weg abscheulich, der Kutscher starrköpfig, die Pferde kommen nicht voran – und schuld daran ist der Postmeister. Der Reisende, der in seine ärmliche Behausung tritt, betrachtet ihn als

Feind; es ist noch gut, wenn es gelingt, den ungebetenen Gast bald loszuwerden, doch wenn keine Pferde da sind? ... Du lieber Himmel! Was für Beschimpfungen, was für Drohungen hageln auf sein Haupt hernieder! In Regen und Schlamm muß er von einem Bauerngehöft zum anderen laufen, und bei Sturm und starkem Januarfrost geht er in die Diele, um sich nur für eine Minute von den Schreien und Knüffen des gereizten Gastes zu erholen. Ein General kommt angefahren, der zitternde Postmeister gibt ihm die beiden letzten Dreigespanne, darunter auch das des Kuriers. Der General fährt ohne ein Wort des Dankes davon. Fünf Minuten später – Glöckchengeklingel! ... Und der Kurier wirft ihm die Order für Postpferde auf den Tisch! ... Wenn wir uns all das richtig vor Augen halten, so wird aufrichtiges Mitleid an Stelle der Empörung unser Herz erfüllen. Noch ein Wort: Im Laufe von zwanzig Jahren bin ich kreuz und quer, in allen Richtungen durch Rußland gefahren; fast alle Poststraßen sind mir bekannt; ich kenne mehrere Generationen von Kutschern, es wird kaum einen Postmeister geben, den ich nicht gesehen habe und mit dem ich nicht zu tun gehabt hätte; den höchst interessanten Vorrat meiner Reisebeobachtungen hoffe ich in nicht allzu ferner Zeit herauszugeben; vorläufig sage ich nur, daß die Allgemeinheit eine völlig falsche Vorstellung vom Stand der Postmeister hat. Diese so verleumdeten Postmeister sind im allgemeinen friedliche Menschen, von Natur aus hilfsbereit, verträglich, wenig ehrhungrig und nicht allzu geldgierig. Aus ihren Gesprächen (auf die die Herren Reisenden zu Unrecht keinen Wert legen) kann man eine Menge Interessantes und Belehrendes erfahren. Was mich anbelangt, so ziehe ich, offen gestanden, ihre Unterhaltung den Reden irgendeines Beamten der sechsten Klasse, der sich auf einer Dienstreise befindet, vor.

Es ist leicht zu erraten, daß ich Freunde aus dem ehrbaren Stand der Postmeister habe. In der Tat ist mir die Erinnerung an einen von ihnen teuer. Die Umstände hatten uns einst zusammengeführt, und ich habe vor, mich über ihn mit den freundlichen Lesern zu unterhalten.

Im Jahre 1816, im Monat Mai, geschah es, daß ich durch das Gouvernement *** fuhr, und zwar auf einer Strecke, die heute nicht mehr existiert. Ich hatte keinen hohen Rang, fuhr mit Postpferden, die auf jeder Station ausgewechselt wurden, und hatte das Fahrgeld für zwei Pferde bezahlt. Infolgedessen nahmen die Postmeister nicht viel Rücksicht auf mich, und oft erkämpfte ich, was mir – meiner Meinung nach – rechtmäßig zustand. Da ich jung und ein Hitzkopf war, entrüstete ich mich über die Niedertracht und den Kleinmut des Postmeisters, wenn dieser das für mich bereitgestellte Gespann der Kutsche eines höheren Beamten überließ. Ebensolange konnte ich mich nicht daran gewöhnen, daß ich bei einem Mittagessen, das der Gouverneur gab, von dem wählerischen Diener übergangen wurde. Heute scheint mir sowohl das eine wie das andere völlig in Ordnung zu sein. In der Tat, wo kämen wir hin, wenn statt der praktischen Regel: *Erweise dem Rang die Ehre* eine andere eingeführt würde, zum Beispiel: *Erweise dem Verstand die Ehre?* Was für ein Streit würde entbrennen! Und wem würden die Diener zuerst auftragen? Doch ich wende mich meiner Erzählung zu.

Der Tag war heiß. Drei Werst von der Poststation *** fielen auf einmal Regentropfen, und innerhalb einer Minute hatte mich ein Platzregen bis auf die Haut durchnäßt. Als ich auf der Station ankam, war meine erste Sorge, mich so schnell wie möglich umzuziehen, und die zweite, um Tee zu bitten. »He, Dunja!« rief der Postmeister, »trag den Samowar auf und hol die Sahne!« Während dieser Worte war ein Mädchen von ungefähr vierzehn Jahren hinter der Zwischenwand hervorgekommen und lief in die Diele. Ihre Schönheit versetzte mich in Erstaunen. »Ist das deine Tochter?« fragte ich den Postmeister. »Ja, Herr«, sagte er mit selbstzufriedener Miene, »und so klug sie ist, so flink, ganz wie die verstorbene Mutter.« Darauf machte er sich an die Abschrift meiner Order, und ich betrachtete die Bilder, die seine bescheidene, doch saubere Wohnung schmückten. Sie stellten die Geschichte des verlorenen Sohnes dar: Auf dem ersten verabschiedet sich ein ehrwürdiger Alter in Hausrock und Kappe von einem unruhigen Jüngling, der eilig seinen Segen und ein Geldsäckel entgegennimmt. Auf dem anderen wird in eindrucksvoller Weise das lasterhafte Leben des jungen Mannes gezeigt: Er sitzt an einem Tisch, umringt von falschen Freunden und sittenlosen Frauen. Auf dem nächsten hütet der Jüngling, nachdem er sein ganzes Geld vergeudet hat, in abgerissener Kleidung und Dreispitz die Schweine und teilt mit ihnen ihre Nahrung; sein Gesicht drückt tiefe Trauer und Reue aus. Schließlich ist seine Heimkehr zum Vater dargestellt; der gute Alte, in derselben Kappe und demselben Hausrock, läuft ihm entgegen: Der verlorene Sohn liegt auf den Knien; im Hintergrund schlachtet der Koch ein gemästetes Kalb, und der älteste Bruder fragt das Gesinde nach dem Grund solcher Freude. Unter jedem Bild las ich passende deutsche Verse. All das hat sich bis heute meinem Gedächtnis eingeprägt, ebenso wie die Töpfe mit den Balsaminen, das Bett mit dem bunten Vorhang und die übrigen Dinge, die mich damals umgaben. Als wäre es heute, sehe ich den Hausherrn selbst vor mir, einen Mann von ungefähr fünfzig Jahren, frisch und gesund, und seinen langen grünen Rock mit drei Medaillen an den verblichenen Bändern.

Kaum hatte ich meinen alten Kutscher entlohnt, als Dunja mit dem Samowar zurückkam. Die kleine Kokette hatte bald gemerkt, was sie für einen Eindruck auf mich machte; sie schlug die großen blauen Augen nieder; ich fing mit ihr ein Gespräch an; sie antwortete mir ohne jegliche Schüchternheit, wie ein Mädchen, das die Welt gesehen hat. Ich bot ihrem Vater ein Glas Punsch an; Dunja erhielt von mir eine Tasse Tee, und wir begannen zu dritt eine Unterhaltung, als würden wir uns schon jahrelang kennen.

Die Pferde standen schon lange bereit, doch ich wollte mich immer noch nicht von dem Postmeister und seiner Tochter trennen. Schließlich verabschiedete ich mich von ihnen; der Vater wünschte mir eine gute Fahrt, und die Tochter begleitete mich bis zum Wagen. In der Diele blieb ich stehen und bat um die Erlaubnis, sie zu küssen; Dunja war einverstanden ... Viele Küsse könnte ich aufzählen,

Seit ich mich damit abgegeben,

doch keiner von ihnen hat solch eine nachhaltige, solch eine angenehme Erinnerung in mir hinterlassen.

Einige Jahre vergingen, und die Umstände fügten es, daß ich dieselbe Poststraße und dieselbe Gegend bereiste. In meiner Erinnerung tauchte die Tochter des alten Postmeisters auf, und ich freute mich bei dem Gedanken, sie bald wiederzusehen. Doch vielleicht ist der alte Postmeister schon abgelöst worden, überlegte ich, und Dunja ist wahrscheinlich schon verheiratet. Der Gedanke an den Tod des einen oder anderen fuhr mir plötzlich durch den Kopf, und ich näherte mich der Station *** mit einem traurigen Vorgefühl.

Die Pferde hielten beim Stationshäuschen. Als ich in das Zimmer eintrat, erkannte ich sofort die Bilder wieder, auf denen die Geschichte des verlorenen Sohnes dargestellt war; Tisch und Bett standen an ihrem früheren Platz, doch in den Fenstern befanden sich keine Blumen mehr, ringsum sprach alles von Verfall und Nachlässigkeit. Der Postmeister hatte unter seinem Schafpelz geschlafen und war durch meine Ankunft geweckt worden; er richtete sich auf... Das war tatsächlich Samson Wyrin; doch wie sehr war er gealtert! Während er daranging, meine Order abzuschreiben, blickte ich auf sein graues Haar, auf die tiefen Falten in dem seit langem nicht mehr rasierten Gesicht, auf seinen gekrümmten Rücken – und konnte mich nicht genug darüber wundern, daß drei oder vier Jahre aus einem kräftigen Mann einen schwächlichen Alten gemacht hatten. »Erkennst du mich wieder?« fragte ich ihn. »Wir sind alte Bekannte.« – »Kann sein«, entgegnete er mürrisch, »die Straße hier ist groß; bei mir sind viele Reisende gewesen.« – »Ist deine Tochter Dunja gesund?« fuhr ich fort. Der Alte zog die Brauen zusammen. »Der liebe Gott allein weiß das«, antwortete er. »Sie ist also verheiratet?« sagte ich. Der Alte tat, als hätte er meine Frage nicht gehört, und las im Flüsterton meine Anweisung weiter. Ich hörte auf zu fragen und verlangte Tee. Mich begann die Neugier zu plagen, und ich hoffte, der Punsch würde meinem alten Bekannten die Zunge lösen.

Ich hatte mich nicht geirrt: Der Alte lehnte das angebotene Glas nicht ab. Mir fiel es auf, wie der Rum seine Unfreundlichkeit verscheuchte. Beim zweiten Glase wurde er gesprächig, er erinnerte sich meiner oder tat wenigstens so, und ich erfuhr von ihm eine Geschichte, die mich zu jener Zeit stark beschäftigte und ergriff.

»Sie haben also meine Dunja gekannt?« hob er an. »Wer hat sie nicht gekannt? Ach, Dunja, Dunja! Was war das für ein Mädel! Wer auch immer hier vorüberfuhr, jeder hat sie gelobt, niemand getadelt. Vornehme Damen beschenkten sie, mal bekam sie ein Kopftuch, mal Ohrringe. Die Herren Reisenden unterbrachen mit Absicht ihre Fahrt, scheinbar, um zu Mittag oder zu Abend zu essen, in Wirklichkeit aber nur, um sie möglichst lange anzusehen. Es kam vor, daß ein Herr, wenn er auch noch so wütend war, still wurde, wenn er sie sah, und freundlich mit mir sprach. Glauben Sie mir, Herr: Die Eilboten und Kuriere haben sich mit ihr halbe Stunden lang unterhalten. Sie war die Stütze des Hauses: Was auch aufzuräumen, was auch zu kochen war, sie schaffte alles. Ich alter Dummkopf aber konnte mich nicht sattsehen an ihr, nicht genug freuen. Hab ich etwa meine Dunja nicht geliebt, hab ich mein Kind nicht gehegt, hat sie es schlecht gehabt? Aber nein, das Unglück kann man nicht abschwören, seinem Schicksal entgeht keiner.« Und nun schilderte er mir ausführlich sein Leid. An einem Winterabend vor drei Jahren war es, der Postmeister zog mit dem Lineal Zeilen in ein neues Buch, und seine Tochter nähte hinter der Zwischenwand an einem Kleid für sich, als eine Troika vorfuhr, ein Reisender, Tscherkessenmütze, Militärmantel und in einen Schal gehüllt, das Zimmer betrat und Pferde verlangte. Doch alle Pferde waren gerade unterwegs. Bei dieser Nachricht erhob der Reisende schon seine Stimme und die Nagaika, doch

Dunja, die an solche Szenen gewöhnt war, kam hinter der Zwischenwand hervorgelaufen und wandte sich liebenswürdig an den Reisenden mit der Frage, ob er nicht etwas essen wolle. Dunjas Erscheinen hatte die gewohnte Wirkung. Der Zorn des Reisenden verflog; er war einverstanden, auf die Pferde zu warten und bestellte sich ein Abendessen. Dann nahm er die feuchte Fellmütze ab, wickelte sich aus dem Schal, zog den Mantel aus, und zum Vorschein kam ein junger stattlicher Husar mit einem schwarzen Schnurrbärtchen. Er ließ sich bei dem Postmeister nieder und unterhielt sich fröhlich mit ihm und seiner Tochter. Das Abendessen wurde aufgetragen. Unterdessen waren Pferde eingetroffen, und der Postmeister befahl, sie sofort, ohne sie zu füttern, vor den Wagen des Reisenden zu spannen, doch als er zurückkam, lag der junge Mann fast ohnmächtig auf der Bank, ihm war schlecht geworden, er hatte Kopfschmerzen, an eine Weiterfahrt war nicht zu denken... Was tun? Der Postmeister trat ihm sein Bett ab, und man beschloß, falls sich das Befinden des Kranken nicht bessern sollte, am nächsten Morgen nach dem Arzt in S. zu schicken.

Am nächsten Tag ging es dem Husaren schlechter. Sein Diener ritt in die Stadt, um den Arzt zu holen. Dunja legte ihm ein mit Essig angefeuchtetes Tuch auf die Stirn und setzte sich mit ihrer Näharbeit neben sein Bett. In Gegenwart des Postmeisters stöhnte der Kranke und brachte kaum ein Wort heraus, doch trank er zwei Tassen Kaffee und bestellte stöhnend ein Mittagessen. Dunja wich nicht von seiner Seite. Alle Augenblicke wollte er trinken, und Dunja brachte ihm einen Becher mit Limonade, die sie selbst zubereitet hatte. Der Kranke netzte seine Lippen, und jedesmal, wenn er den Becher zurückgab, drückte er voller Dankbarkeit mit seiner schwachen Hand die Hand Dunjas. Gegen Mittag kam der Arzt. Er fühlte dem Kranken den Puls, unterhielt sich mit ihm in deutscher Sprache und erklärte auf russisch, daß der Kranke nur Ruhe brauche und in ungefähr zwei Tagen weiterreisen könne. Der Husar gab ihm fünfundzwanzig Rubel für den Besuch und lud ihn zum Mittagessen ein; der Arzt war einverstanden, beide aßen mit großem Appetit, tranken eine Flasche Wein, und beim Abschied war jeder mit dem anderen sehr zufrieden.

Ein weiterer Tag verging, und der Husar war wieder vollkommen gesund. Er war außerordentlich fröhlich und scherzte ohne Pause abwechselnd mit Dunja und dem Postmeister, pfiff Lieder vor sich hin, unterhielt sich mit den Durchreisenden, schrieb ihre Order in das Postbuch ein und gefiel dem braven Postmeister so sehr, daß dieser am dritten Morgen die Trennung von seinem freundlichen Gast bedauerte. Es war ein Sonntag, und Dunja wollte zum Hochamt gehen. Der Wagen des Husaren fuhr vor. Er verabschiedete sich von dem Postmeister und belohnte ihn reichlich für die Unterkunft und die Bewirtung, er verabschiedete sich auch von Dunja und erbot sich, sie bis zur Kirche mitzunehmen, die sich am Dorfrand befand. Dunja wußte nicht, was sie tun sollte ... »Wovor fürchtest du dich?« sagte der Vater zu ihr. »Seine Hochwohlgeboren ist doch kein Wolf und frißt dich nicht – fahr nur bis zur Kirche mit.« Dunja setzte sich neben den Husaren in den Wagen, der Diener sprang auf den Bock, der Kutscher pfiff, und die Pferde jagten davon.

Der arme Postmeister begriff nicht, wie er selbst seiner Dunja die Erlaubnis geben konnte, mit dem Husaren zu fahren, warum er so verblendet gewesen war und wo er damals seinen Verstand gelassen hatte.

Es war noch keine halbe Stunde vergangen, als sich ihm das Herz zusammenzog, die Unruhe ergriff ihn in einem solchen Maße, daß er es nicht aushielt und selbst zum Hochamt ging. Als er sich der Kirche näherte, sah er, daß die Menschen schon auseinandergingen, doch Dunja war weder hinter der Umfriedung noch auf dem Kirchenvorplatz. Eilig ging er in die Kirche, der Geistliche trat gerade aus dem Altarraum heraus, der Kirchendiener löschte die Kerzen aus, und in einer Ecke beteten noch zwei alte Frauen, doch Dunja war nicht in der Kirche. Der arme Vater konnte sich kaum zu der Frage an den Kirchendiener entschließen, ob sie dem Gottesdienst beigewohnt habe. Der Kirchendiener antwortete, sie sei nicht dagewesen. Mehr tot als lebendig ging der Postmeister nach Hause. Eine einzige Hoffnung war ihm geblieben: Dunja konnte es mit der jungen Jahren eigenen Leichtfertigkeit in den Sinn gekommen sein, bis zur nächsten Poststation, wo ihre Patin wohnte, mitzufahren. Voll quälender Unruhe wartete er auf die Rückkehr der Troika, mit der er sie hatte fahren lassen. Der Kutscher wollte nicht kommen. Endlich kam er gegen Abend angefahren, allein, betrunken und mit der vernichtenden Nachricht: »Dunja ist von dieser Station aus mit dem Husaren weitergefahren.«

Der Alte ertrug sein Unglück nicht, auf der Stelle legte er sich in dasselbe Bett, in dem am Vorabend der junge Betrüger gelegen hatte. Jetzt, wo er alle Umstände überblickte, erriet der Postmeister, daß der Husar sich nur krank gestellt hatte. Der Arme bekam hohes Fieber; man brachte ihn nach S., und seine Stelle übernahm vorübergehend ein anderer. Derselbe Arzt, der den Husaren besucht hatte, behandelte auch ihn. Er versicherte dem Postmeister, daß der junge Mann vollkommen gesund gewesen sei und daß er schon damals die böse Absicht vorausgeahnt, doch aus Angst vor seiner Nagaika geschwiegen habe. Ob der Deutsche nun die Wahrheit sprach oder nur mit seinem Scharfsinn prahlen wollte – den armen Kranken tröstete er damit in keiner Weise. Kaum war der Postmeister von seiner Krankheit einigermaßen genesen, erbat er sich vom Verwalter des Postkontors in S. einen zweimonatigen Urlaub und machte sich, ohne jemandem ein Wort davon zu sagen, zu Fuß auf die Suche nach seiner Tochter. Aus der Anweisung wußte er, daß der Rittmeister Minskij von Smolensk nach Petersburg reiste. Der Kutscher, der ihn gefahren hatte, erzählte, daß Dunja den ganzen Weg geweint habe, obwohl sie, so schien es, auf eigenen Wunsch mitfuhr. Vielleicht gelingt es, dachte der Postmeister, und ich führe mein verirrtes Schäfchen heim. Mit diesem Gedanken gelangte er nach Petersburg, quartierte sich im Viertel des Ismailowskij-Garderegiments bei einem verabschiedeten Unteroffizier und alten Regimentskameraden ein und begann seine Nachforschungen. Bald erfuhr er, daß der Rittmeister Minskij in Petersburg sei und in der Demutow-Herberge wohne. Der Postmeister beschloß, zu ihm zu gehen.

Früh am Morgen erschien er in seinem Vorzimmer und bat, Seiner Hochwohlgeboren zu melden, ein alter Soldat bitte darum, ihn zu sprechen. Der Bursche, der einen auf einen Leisten gespannten Stiefel putzte, erklärte, daß der Herr ruhe und vor elf Uhr niemanden empfange. Der Postmeister ging fort und kam zur festgesetzten Zeit wieder. Minskij selber, in Morgenrock und rotem Käppchen, kam ihm entgegen. »Nun, Bruder, was willst du?« fragte er ihn. Das Herz des Alten begann plötzlich heftig zu schlagen, Tränen traten ihm in die Augen, und mit zitternder Stimme sagte er nur:»Euer Hochwohlgeboren! Erweisen Sie mir eine große Gnade!...« Minskij warf schnell einen Blick auf ihn, wurde rot, ergriff seine Hand, führte ihn in sein Arbeitszimmer und riegelte hinter sich die Tür ab. »Euer Hochwohlgeboren!« fuhr der Alte fort, »was von einer Fuhre herunterfällt, ist verloren; geben Sie mir wenigstens meine arme Dunja zurück. Sie haben sich an ihr genug erfreut, richten Sie sie nicht unnötig zugrunde.« – »Was geschehen ist, ist geschehen«, sagte der junge Mann in äußerster Verwirrung. »Ich bekenne mich schuldig vor dir und bitte dich gern um Vergebung, doch denke nicht, daß ich Dunja verlassen kann – sie wird glücklich sein, ich gebe dir mein Ehrenwort. Wozu willst du sie haben? Sie liebt mich, sie ist ihr früheres Leben nicht mehr gewohnt. Weder du noch sie werden vergessen können, was geschehen ist.« Dann steckte er ihm etwas in den Ärmelaufschlag, riegelte die Tür auf, und der Postmeister, der nicht wußte, wie ihm geschah, fand sich auf der Straße wieder.

Lange stand er unbeweglich da, schließlich bemerkte er ein Bündelchen mit Papieren in seinem Ärmelaufschlag; er nahm es heraus und wickelte einige zerdrückte Fünf- und Zehnrubelscheine auseinander. Wieder quollen ihm Tränen aus den Augen – Tränen der Empörung! Er knüllte die Scheine zusammen, warf sie auf den Boden, trat mehrere Male mit dem Stiefelabsatz darauf und ging davon... Nach einigen Schritten blieb er stehen, dachte nach... und kehrte um – doch die Scheine waren nicht mehr da. Ein gut gekleideter junger Mann eilte, als er ihn sah, zu einer Droschke, nahm hastig darin Platz und rief: »Vorwärts!« Der Postmeister lief ihm nicht hinterher. Er beschloß, nach Hause, auf seine Poststation, zu fahren, doch vorher wollte er wenigstens noch ein einziges Mal seine arme Dunja sehen. Mit diesem Ziel ging er nach etwa zwei Tagen wieder zu Minskij, jedoch der Bursche sagte ihm in rauhem Ton, daß der Herr niemanden empfange, schob ihn mit der Brust aus dem Vorzimmer und schlug ihm die Tür vor der Nase zu. Lange stand der Postmeister davor – doch schließlich ging er.

Am Abend desselben Tages ging er, nachdem er einen Bittgottesdienst in der Kirche »Aller Leidtragenden« hatte abhalten lassen, die Litejnaja entlang. Plötzlich fuhr eine elegante Kutsche an ihm vorüber, und der Postmeister erkannte Minskij darin. Der Wagen hielt vor einem zweistöckigen Haus, direkt vor der Auffahrt, und der Husar lief die Vortreppe hinauf. Dem Postmeister schoß ein glücklicher Gedanke durch den Kopf. Er kehrte um, und als er neben dem Kutscher stand, fragte er: »Wem gehört das Pferd, Bruder? Gehört es nicht Minskij?« – »So ist es«, antwortete der Kutscher. »Warum willst du das wissen?« – »Darum: Dein Herr hat mir befohlen, seiner Dunja ein Briefchen zu bringen, aber ich hab vergessen, wo seine Dunja wohnt.« – »Hier wohnt sie, im ersten Stock. Mit deinem Brief bist du zu spät gekommen, Bruder; jetzt ist er schon selber bei ihr.« – »Das macht nichts«, entgegnete der Postmeister mit einem unbeschreiblichen Gefühl im Herzen, »vielen Dank für den Hinweis, ich tue schon, was nötig ist.« Und mit diesen Worten begab er sich die Treppe hinauf.

Die Tür war verschlossen; er klingelte, und es vergingen einige Sekunden qualvollen Wartens. Der Schlüssel drehte sich laut, und man öffnete ihm. »Wohnt hier Awdotja Samsonowna?« fragte er. »Ja«, antwortete das junge Dienstmädchen, »was willst du von ihr?« Ohne zu antworten, trat der Postmeister in den Vorsaal. »Das geht nicht, das geht nicht!« rief ihm das Dienstmädchen hinterher, »Awdotja Samsonowna hat Besuch.« Doch der Postmeister ging weiter, ohne auf sie zu hören. Die beiden ersten Zimmer waren dunkel, doch das dritte war erleuchtet. Er ging bis an die offene Tür und blieb stehen. In dem herrlich eingerichteten Zimmer saß nachdenklich Minskij. Dunja, prächtig nach der Mode gekleidet, saß auf der Armlehne seines Sessels wie eine Reiterin in ihrem englischen Sattel. Sie blickte Minskij zärtlich an und wickelte seine schwarzen Locken um ihre glänzenden Finger. Der arme Postmeister! Niemals war ihm seine Tochter so schön vorgekommen; unwillkürlich bewunderte er sie. »Wer ist da?« fragte sie, ohne aufzusehen. Er schwieg. Da sie keine Antwort erhielt, hob Dunja den Kopf – und fiel mit einem Schrei auf den Teppich. Der erschrockene Minskij stürzte zu ihr hin, um ihr aufzuhelfen, sah plötzlich in der Tür den alten Postmeister, wandte sich von Dunja ab und ging zitternd vor Wut auf ihn zu. »Was willst du?« sagte er zu ihm und biß die Zähne aufeinander. »Was schleichst du mir überall wie ein Räuber nach? Willst du mich vielleicht umbringen? Hinaus!« Und mit starker Hand packte er den Alten beim Kragen und stieß ihn bis auf den Flur hinaus.

Der Alte kehrte in seine Unterkunft zurück. Sein Freund riet ihm, Klage zu führen, doch der Postmeister überlegte, machte eine wegwerfende Handbewegung und beschloß, darauf zu verzichten. Nach zwei Tagen ging er von Petersburg zurück zu seiner Poststation und verrichtete wieder seinen Dienst. »Das dritte Jahr ist es nun schon«, schloß er, »daß ich ohne Dunja lebe und von ihr nichts höre und sehe. Ob sie noch lebt oder nicht, das weiß Gott allein. Möglich ist alles. Sie ist nicht die erste und auch nicht die letzte, die ein Windbeutel auf der Durchreise mit sich fortlockt, dann hält er sie aus, und danach läßt er sie fallen. In Petersburg gibt es viele von diesen jungen Närrinnen, heute in Samt und Seide, und morgen siehst du sie zusammen mit den Bettlern aus den Spelunken die Straße kehren. Wenn ich manchmal daran denke, daß auch Dunja so zugrunde geht, dann kommen einem unwillkürlich sündhafte Gedanken, und man wünscht, sie wäre tot...«

Das war die Geschichte meines Bekannten, des alten Postmeisters, eine Geschichte, die oft von Tränen unterbrochen wurde, die er wie der eifrige Terentitsch in Dmitrijews herrlicher Ballade malerisch mit seinem Rockschoß wegwischte. Zum Teil waren die Tränen vom Punsch hervorgerufen worden, von dem er im Verlauf seiner Erzählung fünf Gläser trank, doch wie es auch sei, sie gingen mir sehr zu Herzen. Wir schieden voneinander, und lange konnte ich den alten Postmeister nicht vergessen, lange dachte ich an die arme Dunja zurück...

Als ich vor kurzer Zeit durch die Ortschaft *** kam, erinnerte ich mich meines Bekannten; ich erfuhr, daß die Poststation, der er vorstand, schon nicht mehr existierte. Auf meine Frage: »Lebt der alte Postmeister noch?« konnte mir niemand eine befriedigende

Antwort geben. Ich entschloß mich, die bekannte Gegend zu besuchen, mietete Pferde und machte mich auf den Weg ins Dorf N.

Das geschah im Herbst. Graue Wolken bedeckten den Himmel, ein kalter Wind wehte von den kahlen Feldern und riß die roten und gelben Blätter von den Bäumen, die sich ihm entgegenstellten. Ich traf im Dorf bei Sonnenuntergang ein und machte am Posthäuschen halt. In die Diele (in der mich einst die arme Dunja geküßt hatte) kam ein dickes Weib und gab auf meine Fragen zur Antwort, daß der alte Postmeister schon seit einem Jahr tot sei, daß sich in seinem Hause ein Bierbrauer niedergelassen habe und sie die Frau des Bierbrauers sei. Mir tat es um meine ergebnislose Fahrt leid und um die sieben Rubel, die ich umsonst ausgegeben hatte. »Woran ist er denn gestorben?« fragte ich die Frau des Bierbrauers. »Er hat sich dem Trunk ergeben, Väterchen«, antwortete sie. »Und wo hat man ihn begraben?« – »Hinter dem Dorf, neben seiner verstorbenen Frau.« – »Könnte mich jemand zu seinem Grab führen?« – »Warum denn nicht. He, Wanka! Du hast genug mit der Katze gespielt. Führ mal den Herrn zum Friedhof, und zeig ihm das Grab vom Postmeister.«

Bei diesen Worten lief ein Junge in abgerissener Kleidung, rothaarig und scheeläugig, zu mir hinaus und führte mich sofort hinter das Dorf.

»Hast du den Verstorbenen gekannt?« fragte ich ihn unterwegs.

»Und ob! Er hat mir gezeigt, wie man eine Hirtenflöte zurechtschneidet. Wenn er (der Himmel sei ihm gnädig!) aus der Schenke kam, sind wir immer hinter ihm hergelaufen und haben gerufen: ›Großväterchen, Großväterchen! Gib uns Nüsse!‹ – und er hat uns Nüsse geschenkt. Er ist immer mit uns zusammen gewesen.«

»Und die Durchreisenden, erinnern die sich an ihn?«

»Jetzt gibt's nur wenig Durchreisende; höchstens kommt mal ein Beisitzer zu uns, aber der will mit Toten nichts zu tun haben. Aber im Sommer ist eine Dame hier durchgereist, die hat nach dem alten Postmeister gefragt und ist zu seinem Grab gegangen.«

»Was für eine Dame?« fragte ich voller Neugier.

»Eine wunderschöne Dame«, antwortete der Junge, »sie ist in einer großen sechsspännigen Kutsche gefahren, drei kleine junge Herren, eine Amme und einen schwarzen Mops hat sie gehabt; und als man ihr gesagt hat, daß der alte Postmeister gestorben sei, da hat sie angefangen zu weinen, und zu den Kindern hat sie gesagt: ›Seid schön brav, ich gehe zum Friedhof.‹ Ich hatte mich angeboten, sie dorthin zu führen. Aber die Dame sagte: ›Ich kenne selbst den Weg.‹ Und hat mir ein silbernes Fünfkopekenstück gegeben – so eine gute Dame!«

Wir kamen auf den Friedhof, einen kahlen Platz ohne jegliche Umzäunung und von Holzkreuzen übersät, die nicht ein einziger Baum beschattete. In meinem ganzen Leben habe ich noch nie so einen traurigen Friedhof gesehen.

»Hier ist das Grab von dem alten Postmeister«, sagte der Junge zu mir und sprang auf einen Erdhügel, in den ein schwarzes Kreuz mit einem kupfernen Heiligenbild eingegraben war.

»Und hierher ist die Dame gekommen?« fragte ich.

»Ja«, antwortete Wanka. »Ich habe sie von weitem beobachtet. Sie lag hier und ist lange nicht aufgestanden. Und dann ist die Dame ins Dorf gegangen, ließ sich den Popen kommen, gab ihm Geld und fuhr fort, aber mir hat sie ein silbernes Fünfkopekenstück gegeben – so eine feine Dame!«

Auch ich gab dem Jungen ein Fünfkopekenstück und bedauerte weder die Fahrt hierher noch die sieben Rubel, die ich ausgegeben hatte.

DAS ADELSFRÄULEIN ALS BÄUERIN

In allen Kleidern bist du, Duschenka, schön
Bogdanowitsch

In einem unserer abgelegenen Gouvernements befand sich das Gut Iwan Petrowitsch Berestows. In seiner Jugend hatte er in der Garde gedient, zu Beginn des Jahres 1797 seinen Abschied genommen, dann war er auf sein Gut gefahren und hatte es seitdem nicht mehr verlassen. Er war mit einer armen Adligen verheiratet, die bei der Niederkunft starb, während er auf der Jagd war. Die Beschäftigung mit der Wirtschaft tröstete ihn bald. Er baute sich ein Haus nach eigenem Plan, richtete eine Tuchfabrik ein, sicherte sich ein gutes Einkommen und hielt sich für den klügsten Menschen der Umgebung, worin ihm die Gäste, die mit ihren Familien und Hunden zu Besuch kamen, auch nicht widersprachen. Wochentags trug er eine baumwollene Samtjacke, zu Feiertagen zog er einen Rock aus selbstgefertigtem Tuch an; er führte selbst Buch und las nichts außer den »Senatsnachrichten«. Im allgemeinen wurde er geschätzt, wenn man ihn auch für stolz hielt. Nur Grigorij Iwanowitsch Muromskij, sein nächster Nachbar, kam mit ihm nicht aus. Das war ein echter russischer Gutsherr. In Moskau hatte er den größten Teil seiner Güter durchgebracht, und da er zu derselben Zeit Witwer wurde, war er auf sein letztes Dorf gefahren, wo er seine Streiche weiter verübte, wenn auch auf neue Weise. Er legte einen englischen Garten an und verbrauchte zu seiner Pflege fast alle übrigen Einkünfte. Die Pferdeknechte gingen als englische Jokkeis gekleidet. Seine Tochter hatte eine englische Gouvernante. Seine Felder bestellte er nach englischer Methode:

Doch auf fremde Art gedeiht kein russisches Getreide,

und trotz bedeutender Verringerung der Ausgaben stiegen die Einkünfte Grigorij Iwanowitschs nicht; denn er fand auch auf dem Dorf einen Weg, neue Schulden zu machen; und bei all dem galt er als ein Mensch, der nicht dumm ist, da er als erster Gutsbesitzer seines Gouvernements auf den Gedanken kam, sein Gut beim Vormundschaftsrat zu verpfänden – ein für die damalige Zeit außerordentlich kompliziertes und kühnes Unternehmen. Von allen, die ihn verurteilten, äußerte sich am schärfsten über ihn Berestow. Haß gegen Neuerungen war eine hervorstechende Eigenschaft seines Charakters. Er konnte nicht gleichgültig von der Anglomanie seines Nachbarn sprechen, alle Augenblicke fand er Gelegenheit, ihn zu kritisieren. Wenn er einem Gast seine Besitzungen zeigte, so pflegte er als Antwort auf das Lob für seine wirtschaftlichen Anordnungen mit einem schlauen Lächeln zu sagen: »Ja, Herr! Bei mir ist es anders als bei meinem Nachbarn Grigorij Iwanowitsch. Wir werden uns nicht auf englisch ruinieren! Wenn wir nur nach russischer Art satt werden.«

Diese und ähnliche Scherze wurden Grigorij Iwanowitsch dank den Bemühungen der Nachbarn mit Ergänzungen und Erklärungen hinterbracht. Der Anglomane vertrug Kritik ebensowenig wie unsere Journalisten. Er schäumte vor Wut und nannte seinen Zoilos einen Bären und Provinzler.

So stand es um die Beziehungen zwischen diesen beiden Gutsbesitzern, als der Sohn Berestows zu seinem Vater auf das Dorf gefahren kam. Er war an der Universität zu *** erzogen worden und hatte vor, die militärische Laufbahn einzuschlagen, doch der Vater war damit nicht einverstanden. Für den Zivildienst fühlte sich der junge Mann überhaupt nicht geschaffen. Keiner gab dem anderen nach, und der junge Alexej führte einstweilen das Leben eines Herrn und ließ sich für alle Fälle einen Schnurrbart wachsen.

Alexej war in der Tat ein Prachtbursche. Es wäre wirklich schade gewesen, wenn nie eine Militäruniform seine schlanke Figur umschlossen, wenn er, statt sich hoch zu Pferde bewundern zu lassen, seine Jugend über Kanzleipapiere gebeugt verbracht hätte. Die Nachbarn, die ihn auf der Jagd sahen, wie er, ohne auf den Weg zu achten, allen voran galoppierte, meinten einstimmig, daß aus ihm niemals ein vernünftiger Abteilungsvorsteher werden würde. Die Fräulein guckten nach ihm, und manche verguckten sich auch in ihn, doch Alexej gab sich wenig mit ihnen ab, und sie vermuteten, daß der Grund für seine Unempfindlichkeit ein Liebesverhältnis sei. In der Tat ging eine Abschrift mit der Adresse eines seiner Briefe von Hand zu Hand: *An Akulina Petrowna Kurotschkina, in Moskau, gegenüber dem Alexejewskij-Kloster, im Haus des Kupferschmiedes Saweljew, ich bitte Sie ergebenst, diesen Brief A. N. R. zu überbringen.*

Diejenigen meiner Leser, die nicht auf dem Dorf gelebt haben, machen sich keine Vorstellung, wie reizvoll diese Fräulein auf dem Lande sind! In frischer Luft, im Schatten ihrer Apfelbäume erzogen, schöpfen sie ihr Wissen über Welt und Leben aus Büchern. Einsamkeit, Freiheit und Lektüre entwikkeln bei ihnen frühzeitige Gefühle und Leidenschaften, die unseren Zerstreuung gewohnten Schönheiten unbekannt sind. Für so ein Fräulein ist der Ton eines Glöckchens schon ein Abenteuer, eine Fahrt in die nächste Stadt gilt als Ereignis im Leben, und der Besuch eines Gastes hinterläßt eine lange, manchmal auch ewig währende Erinnerung. Natürlich steht es jedem frei, über manche ihrer Eigenheiten zu lachen, doch die Späße eines oberflächlichen Beobachters können ihre wesentlichen Vorzüge nicht zunichte machen, von denen der bedeutendste *die Besonderheit des Charakters, die Originalität* (individualité) ist, ohne die es, nach Meinung Jean Pauls, keine menschliche Größe gibt. In den Hauptstädten erhalten die Frauen vielleicht eine bessere Bildung, doch die Lebensweise der vornehmen Gesellschaft nimmt den Charakteren ihre Besonderheit und läßt sie so einförmig werden wie den Kopfputz. Dies sei nicht als Urteil gesagt und auch nicht als eine Verurteilung, allein nota nostra manet, wie ein alter Kommentator schreibt.

Man kann sich leicht vorstellen, welchen Eindruck Alexej unter unseren Fräulein hervorrufen mußte. Er war der erste, der vor ihnen mit düsterer und enttäuschter Miene erschien, als erster sprach er zu ihnen von verlorenen Freuden und seiner entschwundenen Jugend; zudem trug er noch einen schwarzen Ring, auf dem ein Totenkopf abgebildet war. All das war außerordentlich neu in diesem Gouvernement. Die Fräulein verloren bei seinem Anblick den Verstand.

Doch mehr als alle anderen beschäftigte sich Lisa (oder Betsy, wie sie gewöhnlich Grigorij Iwanowitsch nannte), die Tochter meines Anglomanen, mit ihm. Die Väter verkehrten nicht miteinander, sie hatte Alexej noch nicht gesehen, während doch alle jungen Nachbarinnen nur von ihm sprachen. Sie war siebzehn Jahre alt. Ihrem gebräunten und sehr angenehmen Gesicht verliehen ein Paar schwarze Augen Lebhaftigkeit. Sie war das einzige Kind und infolgedessen verwöhnt. Ihr Übermut und die Streiche, die sie alle Augenblicke verübte, entzückten ihren Vater und ließen ihre Gouvernante, Miss Jackson, verzweifeln, ein vierzigjähriges, steifes Fräulein, das sich weiß schminkte und die Brauen färbte, zweimal im Jahr die »Pamela« las, dafür zweitausend Rubel bekam und vor Langeweile *in diesem barbarischen Rußland* umkam.

Lisas Zofe hieß Nastja; sie war älter als sie, doch genauso leichtfertig wie ihre Herrin. Lisa hatte sie sehr gern, teilte ihr all ihre Geheimnisse mit und heckte mit ihr zusammen die Streiche aus; kurz, Nastja war im Dorf Prilutschino eine viel bedeutendere Person als irgendeine Vertraute in einer französischen Tragödie.

»Gestatten Sie mir, daß ich heute zu Besuch gehe«, sagte Nastja eines Tages, als sie ihrer Herrin beim Ankleiden half.

»Gut; doch wohin?«

»Nach Tugilowo, zu den Berestows. Die Frau vom Koch hat Namenstag, sie ist gestern gekommen und hat uns zum Mittagessen eingeladen.«

»Sieh einmal an!« sagte Lisa. »Die Herrschaften sind verfeindet, aber die Dienerschaft bewirtet sich gegenseitig.«

»Was gehen uns die Herrschaften an!« widersprach Nastja. »Außerdem gehöre ich Ihnen und nicht dem Papa. Sie haben sich doch noch nicht mit dem jungen Berestow gestritten; sollen sich die Alten ruhig zanken, wenn es ihnen Spaß macht.«

»Sieh zu, Nastja, daß du Alexej Berestow zu sehen bekommst, und erzähl mir dann genau, wie er aussieht und was er für ein Mensch ist.«

Nastja versprach es, und Lisa wartete den ganzen Tag voller Ungeduld auf ihre Rückkehr. Am Abend erschien Nastja. »Also, Lisaweta Grigorjewna«, sagte sie, als sie in das Zimmer trat, »ich hab den jungen Berestow gesehen; mehr als genug hab ich ihn gesehen, den ganzen Tag waren wir zusammen.«

»Wie ist das möglich? Erzähle, erzähle der Reihe nach.«

»Bitte schön: Wir gingen, das heißt ich, Anisja Jegorowna, Nenila, Dunka ...«

»Gut, ich weiß Bescheid. Und dann?«

»Erlauben Sie, ich erzähle alles der Reihe nach. Gerade zum Mittagessen sind wir gekommen. Das Zimmer war voller Leute. Die aus Kolbino waren da, die aus Sacharjewo, die Verwaltersfrau mit ihren Töchtern, die aus Chlupino ...«

»Schön! Und Berestow?«

»Warten Sie. Wir haben uns an den Tisch gesetzt, an erster Stelle die Verwaltersfrau, ich neben ihr ... und die Töchter haben sich aufgeblasen, aber ich pfeif auf sie ...«

»Ach, Nastja, du langweilst mich mit deinen ewigen Einzelheiten!«

»Wie können Sie nur so ungeduldig sein! Nun, wir sind vom Tisch aufgestanden – gegessen hatten wir drei Stunden, das Essen war wunderbar gewesen; einen Kuchen hat es gegeben, Blancmanger, blau, rot und gestreift ... Wir sind also vom Tisch aufgestanden und in den Garten gegangen, um Haschen zu spielen, und da ist auch sofort der junge Herr gekommen.«

»Nun und? Stimmt es, daß er so hübsch ist?«

»Erstaunlich hübsch, ein schöner Mann, das kann man sagen. Schlank, groß, blutrote Wangen ...«

»Wirklich? Und ich habe mir gedacht, daß er im Gesicht blaß ist. Nun und? Wie ist er dir vorgekommen? Traurig, in Gedanken versunken?«

»Was fällt Ihnen ein? So einen tollen Menschen habe ich in meinem ganzen Leben noch nicht gesehen. Er wollte mit uns Haschen spielen.«

»Mit euch Haschen spielen! Ausgeschlossen!«

»Gar nicht ausgeschlossen! Und auf was er noch gekommen ist! Sowie er sich eine fängt, küßt er sie ab!«

»Wie du willst, Nastja, aber du lügst.«

»Wie Sie wollen, aber ich lüge nicht. Mit Müh und Not bin ich ihn losgeworden. Den ganzen Tag hat er so mit uns zugebracht.«

»Aber man sagt doch, er ist verliebt und sieht kein Mädchen an?«

»Ich weiß es nicht, mich hat er aber recht oft angesehen, und auch die Tanja, die Tochter vom Verwalter; und auch die Pascha aus Kolbino, überhaupt, es ist eine Sünde, so etwas zu sagen, aber er hat keine benachteiligt, so ein mutwilliger Herr!«

»Das ist erstaunlich! Und was hört man im Hause über ihn?«

»Ein ausgezeichneter Herr, so wird erzählt: so gutherzig und fröhlich. Nur eines ist nicht gut – daß er den Mädchen so nachläuft. Aber ich meine, das ist noch kein Unglück: Mit der Zeit kommt er schon zur Vernunft.«

»Wie gerne möchte ich ihn sehen!« sagte Lisa mit einem Seufzer.

»Was ist denn schon Besonderes dabei? Tugilowo ist nicht weit von uns, alles in allem drei Werst: Gehen Sie in der Richtung spazieren oder reiten Sie dorthin, Sie werden ihn bestimmt treffen. Er geht ja jeden Tag frühmorgens mit der Flinte auf die Jagd.«

»Nein, nein, das ist nicht gut. Er denkt dann vielleicht, ich laufe ihm nach. Außerdem sind unsere Väter verfeindet, und da kann ich mich auch nicht mit ihm bekannt machen... Ach, Nastja! Weißt du was? Ich verkleide mich als Bäuerin!«

»Wahrhaftig, ziehen Sie ein dickes Hemd an und den Sarafan, und gehen Sie ruhig nach Tugilowo; ich bin überzeugt, daß Berestow Sie nicht übersehen wird.«

»Und den hiesigen Dialekt kann ich ausgezeichnet sprechen. Ach, Nastja, liebste Nastja! Was für ein herrlicher Gedanke!« Und Lisa legte sich mit dem Vorsatz schlafen, unbedingt ihre lustige Absicht auszuführen.

Am nächsten Tag machte sie sich an die Verwirklichung ihres Planes, sie ließ vom Markt dickes Leinen, blauen Nankingstoff und Kupferknöpfe holen, mit Nastjas Hilfe schnitt sie sich ein Hemd und einen Sarafan zu, setzte die ganze Mädchenkammer an die Näharbeit, und gegen Abend war alles fertig. Lisa probierte ihr neues Kleid an und mußte sich vor dem Spiegel eingestehen, daß sie sich noch nie so schön gefunden hatte. Sie wiederholte ihre Rolle, verbeugte sich tief im Gehen und wackelte dann einige Male mit dem Kopf, ähnlich wie die tönernen Kater, sprach wie eine Bäuerin, bedeckte ihr Gesicht mit dem Ärmel, wenn sie lachte, und fand die volle Zustimmung Nastjas. Nur eines machte ihr Schwierigkeiten: Sie hatte versucht, barfuß auf dem Hof umherzugehen, doch der Rasen zerstach ihr die zarten Füße, und der Sand und die Steinchen schienen ihr unerträglich.

Nastja half ihr auch in diesem Fall: Sie nahm Maß von Lisas Fuß, lief auf das Feld zum Hirten Trofim und bestellte bei ihm nach diesem Maß ein Paar Bastschuhe. Am nächsten Tag wachte Lisa schon vor Sonnenaufgang auf. Alles im Haus schlief noch. Vor dem Tor wartete Nastja auf den Hirten. Das Hirtenhorn erschallte, und die Herde zog am Herrenhaus vorbei. Als Trofim an Nastja vorüberging, überreichte er ihr ein Paar kleine bunte Bastschuhe und erhielt dafür einen halben Rubel als Belohnung. Leise zog Lisa ihre Bauerntracht an, gab Nastja flüsternd Anweisungen wegen Miss Jackson, ging zum hinteren Ausgang und lief durch den Garten hinaus aufs Feld.

Im Osten rötete sich der Himmel, die goldenen Wolkenreihen schienen auf die Sonne zu warten wie Höflinge auf den Herrscher; der klare Himmel, die morgendliche Frische, der Tau, ein leichter Wind und das Singen der Vögel erfüllten Lisas Herz mit kindlicher Heiterkeit; da sie fürchtete, jemand Bekanntes zu treffen, schien es, als ob sie nicht lief, sondern flöge. Als Lisa sich dem Wäldchen an der Grenze der väterlichen Besitzungen näherte, ging sie langsamer. Hier mußte sie auf Alexej warten. Ihr Herz schlug heftig, sie wußte selbst nicht, warum, doch die Furcht, die unsere Jugendstreiche begleitet, macht auch deren Hauptreiz aus. Lisa trat in das Halbdunkel des Wäldchens. Sein dumpfes, sich immer weiter fortpflanzendes Rauschen empfing das Mädchen. Ihre Heiterkeit legte sich. Allmählich gab sie sich einer süßen Verträumtheit hin. Sie dachte – doch kann man überhaupt mit Genauigkeit sagen, woran ein siebzehnjähriges Fräulein, allein, in einem Wäldchen, an einem Frühlingsmorgen gegen sechs Uhr denkt? Sie ging also in Gedanken versunken einen Weg entlang, der zu beiden Seiten von hohen Bäumen beschattet wurde, als sie plötzlich ein herrlicher Jagdhund anbellte. Lisa erschrak und schrie auf. Zur gleichen Zeit hörte man eine Stimme: »Tout beau, Sbogar, ici ...«, und ein junger Jäger trat aus dem Gebüsch. »Hab keine Angst, Mädchen«, sagte er zu Lisa, »mein Hund beißt nicht.« Lisa hatte sich schon von ihrem Schreck erholt und verstand es sofort, die Gelegenheit wahrzunehmen. »Nein, nein, Herr«, sagte sie und tat halb erschrocken und halb verschüchtert, »ich hab Angst, er ist so wild, er geht wieder auf mich los.« Alexej (der Leser hat ihn schon erkannt) betrachtete unterdessen genau die junge Bäuerin. »Ich werde dich begleiten, wenn du Angst hast«, sagte er zu ihr. »Erlaubst du, daß ich neben dir gehe?« – »Wer hindert dich denn daran?« antwortete Lisa. »Der Freie kann überall gehen, und der Weg gehört der Gemeinde.« – »Woher bist du?« – »Aus Prilutschino; ich bin die Tochter von Wassilij dem Schmied, ich gehe Pilze suchen.« (Lisa trug ein Körbchen an einer Schnur.) »Und du, Herr? Bist aus Tugilowo, nicht?« – »So ist es«, antwortete Alexej, »ich bin der Kammerdiener vom jungen Herrn.« Alexej wollte den Abstand zwischen ihnen verringern. Doch Lisa sah ihn an und lachte. »Da lügst du aber«, sagte sie. »Du bist an keine dumme Gans geraten. Ich seh doch, daß du selbst der Herr bist.« – »Warum denkst du das?« – »An allem seh ich's.« – »Aber wieso?« – »Wie könnte man den Diener nicht vom Herrn unterscheiden? Du bist anders angezogen und redest anders und rufst auch den Hund anders als wir.« Lisa gefiel Alexej von Minute zu Minute besser. Da er gewohnt war, mit hübschen Bauernmädchen nicht viel Umstände zu machen, wollte er sie umarmen; doch Lisa sprang zur Seite und hatte plötzlich einen derartig strengen und kühlen Gesichtsausdruck angenommen, daß Alexej, obwohl er darüber lachen mußte, weitere Anschläge unterließ. »Wenn Sie wollen, daß wir auch in Zukunft Freunde bleiben«, sagte sie mit großem Ernst, »so haben Sie die Güte, sich nicht zu vergessen.« – »Wer hat dir diese Weisheiten beigebracht?« fragte Alexej unter Lachen. »Etwa Nastenka, meine Bekannte, das Mädchen von eurer Herrin? Auf solchen Wegen verbreitet sich also die Aufklärung!«

Lisa fühlte, daß sie im Begriff war, aus ihrer Rolle zu fallen, und machte sofort ihren Fehler wett. »Was denkst du denn?« sagte sie. »Glaubst du, ich bin noch nie auf dem Herrenhof gewesen? Keine Angst: Ich habe schon viel gehört und gesehen. Doch«, fuhr sie fort, »wenn ich hier mit dir schwatze, finde ich keine Pilze. Geh du, Herr, nach deiner Seite, und ich geh nach der anderen. Bitte um Vergebung...« Lisa wollte sich entfernen, doch Alexej hielt sie bei der Hand fest. »Wie heißt du, meine Liebe?« – »Akulina«, antwortete Lisa und suchte ihr Finger aus Alexejs Hand zu befreien. »So laß mich doch los, Herr, ich muß auch nach Hause.« – »Nun, meine liebe Akulina, ich werde unbedingt deinen Vater, Wassilij den Schmied, besuchen.« – »Was fällt dir ein?« widersprach Lisa lebhaft. »Um Christi willen, komm nicht. Wenn man zu Hause erfährt, daß ich mit dem Herrn allein im Wäldchen geschwatzt habe, dann geht's mir schlecht; mein Vater, Wassilij der Schmied, prügelt mich zu Tode.« – »Aber ich will dich unbedingt wiedersehen.« – »Nun, irgendwann einmal werde ich wieder hierher zum Pilzesuchen kommen.« – »Wann denn?« – »Meinetwegen morgen.« – »Liebste Akulina, ich würde dich gerne küssen, aber ich trau mich nicht. Also morgen, zur selben Zeit, nicht wahr?« – »Ja, ja« – »Und du betrügst mich nicht?« – »Nein« – »Schwöre.« – »Also beim heiligen Freitag, ich werde kommen.«

Die jungen Leute trennten sich. Lisa trat aus dem Wald, überquerte das Feld, stahl sich in den Garten und rannte, so schnell sie konnte, zur Farm, wo Nastja auf sie wartete. Dort zog sie sich um, antwortete zerstreut auf die Fragen ihrer ungeduldigen Vertrauten und erschien dann im Empfangszimmer. Der Tisch war gedeckt, das Frühstück fertig, und Miss Jackson, schon geschminkt und so geschnürt, daß sie an ein Weinglas erinnerte, schnitt dünne Brotscheibchen zurecht. Der Vater lobte sie für ihren frühen Spaziergang. »Nichts ist gesünder«, sagte er, »als bei Sonnenaufgang aufzustehen.« Bei dieser Gelegenheit führte er aus englischen Journalen einige Beispiele menschlicher Langlebigkeit an und bemerkte, daß alle Menschen, die älter als hundert Jahre geworden sind, niemals Schnaps getrunken hätten und sommers und winters immer bei Sonnenaufgang aufgestanden seien. Lisa hörte nicht zu. In Gedanken wiederholte sie alle Umstände des morgendlichen Treffens, das ganze Gespräch der Akulina mit dem jungen Jäger, und sie machte sich Gewissensbisse. Ganz umsonst war es, daß sie sich selbst gegenüber einwandte, das Gespräch habe nicht die Grenzen des Anstandes verletzt, dieser Scherz könne keinerlei Folgen haben – ihr Gewissen wollte sich nicht von ihrem Verstand belehren lassen. Das Versprechen für den morgigen Tag beunruhigte sie am meisten, sie hatte schon beschlossen, ihren feierlichen Schwur zu brechen. Wenn jedoch Alexej vergeblich auf sie warten würde, könnte er im Dorf die Tochter von Wassilij dem Schmied, die echte Akulina, ausfindig machen, ein dickes pockennarbiges Mädchen, und auf diese Weise ihren leichtsinnigen Streich erraten. Dieser Gedanke entsetzte Lisa, und sie beschloß, am anderen Morgen wieder als Akulina im Wäldchen zu erscheinen.

Alexej seinerseits war entzückt, den ganzen Tag dachte er an seine neue Bekannte; nachts beschäftigte das Bild der dunkelhäutigen Schönen auch im Schlaf seine Phantasie. Kaum, daß die Morgenröte aufleuchtete, war er schon angezogen. Ohne sich die Zeit zu nehmen, seine Flinte zu laden, ging er mit seinem treuen Sbogar auf die Felder hinaus und lief zum verabredeten Stelldichein. Ungefähr eine halbe

Stunde verging in unerträglichem Warten; schließlich sah er einen blauen Sarafan zwischen den Sträuchern leuchten, und er lief seiner lieben Akulina entgegen. Sie lächelte über seine enthusiastische Dankbarkeit; doch Alexej bemerkte sofort Spuren von Niedergeschlagenheit und Unruhe in ihrem Gesicht. Er wollte den Grund dafür wissen. Lisa gestand ihm, daß ihr Verhalten ihr leichtsinnig vorkomme, daß sie es bereue, daß sie dieses Mal das gegebene Wort nicht habe brechen wollen, doch daß dieses Wiedersehen bereits das letzte sein werde, und bat ihn, die Bekanntschaft, die zu nichts Gutem führen könne, abzubrechen. All das war natürlich in bäuerlicher Ausdrucksweise vorgebracht worden; die für ein einfaches Mädchen ungewöhnlichen Gedanken und Gefühle versetzten Alexej jedoch in Erstaunen. Er wandte seine ganze Beredsamkeit auf, um Akulina von ihrem Vorsatz abzubringen; er versicherte ihr die Unschuld seiner Wünsche, versprach, ihr niemals Grund zur Reue zu geben, sich in allem ihr unterzuordnen, und beschwor sie, ihm nicht seine einzige Freude zu nehmen: sich allein mit ihr zu treffen, und sei es auch nur jeden zweiten Tag oder auch nur zweimal in der Woche. Er sprach die Sprache echter Leidenschaft und war in dieser Minute wirklich verliebt. Lisa hörte ihn schweigend an. »Gib mir dein Wort«, sagte sie schließlich, »daß du mich niemals im Dorf suchen oder nach mir Erkundigungen einziehen wirst. Gib mir dein Wort, daß du nicht versuchst, mit mir zusammenzutreffen, außer wenn ich es selbst bestimme.« Alexej wollte es ihr beim heiligen Freitag schwören, doch hielt sie ihn mit einem Lächeln zurück. »Ich brauche keinen Schwur«, sagte Lisa. »Dein Versprechen genügt mir.« Danach unterhielten sie sich freundschaftlich und gingen im Wald spazieren, bis Lisa sagte, es sei Zeit. Sie trennten sich, und der zurückgebliebene Alexej vermochte nicht zu begreifen, wie es einem einfachen Bauernmädchen gelingen konnte, nach zwei Zusammenkünften eine wirkliche Macht über ihn zu erlangen. Seine Beziehungen zu Akulina hatten für ihn den Reiz der Neuheit, und obgleich ihm die Vorschriften des seltsamen Bauernmädchens beschwerlich schienen, kam ihm der Gedanke, sein Versprechen zu brechen, nicht einmal in den Sinn. In Wirklichkeit war Alexej nämlich, trotz des verhängnisvollen Ringes, des geheimen Briefwechsels und der düsteren Enttäuschungen, ein guter und leicht erregbarer Jüngling mit einem reinen Herzen, das fähig war, den Zauber der Unschuld zu empfinden.

Wollte ich nur meinem Wunsche folgen, so müßte ich unbedingt und in allen Einzelheiten die Zusammenkünfte der jungen Leute beschreiben, ihre wachsende Zuneigung, ihr Vertrauen zueinander, ihre Interessen und Gespräche; ich weiß jedoch, daß der größte Teil der Leser dieses Vergnügen mit mir nicht teilen würde. Diese Einzelheiten würden überhaupt süßlich wirken, ich lasse sie also aus und sage nur kurz, daß nach kaum zwei Monaten unser Alexej schon bis über beide Ohren verliebt und Lisa nicht gleichgültiger, wenn auch schweigsamer war als er. Beide fühlten sich glücklich in der Gegenwart und dachten wenig an die Zukunft.

Der Gedanke an eine unlösbare Bindung kam ihnen recht oft, doch sie sprachen nie darüber. Der Grund war klar: Alexej, wie sehr er auch an seiner lieben Akulina hing, war sich immer des Abstandes bewußt, der zwischen ihm und dem armen Bauernmädchen herrschte; und Lisa kannte den Haß, den beide Väter gegeneinander hegten, und wagte nicht, auf eine Versöhnung zu hoffen. Außerdem wurde ihre Eigenliebe insgeheim von der dunklen, romantischen Hoffnung genährt, schließlich den Gutsherrn von Tugilowo zu Füßen der Tochter des Schmiedes von Prilutschino zu sehen. Plötzlich änderte ein wichtiges Ereignis beinah ihr Verhältnis.

An einem klaren, kühlen Morgen (an denen unser russischer Herbst so reich ist) unternahm Iwan Petrowitsch Berestow einen Spazierritt und nahm für alle Fälle drei Paar Windhunde, einen Reitknecht und einige mit Klappern ausgerüstete Jungen vom Gesinde mit. Zur gleichen Zeit befahl Grigorij Iwanowitsch Muromskij, verführt von dem schönen Wetter, seine kurzschwänzige Stute zu satteln, und erging sich im Trab in der Nähe seiner anglisierten Besitzungen. Als er an den Wald heranritt, sah er seinen Nachbarn in einem kurzen, mit Fuchsfell gefütterten Rock stolz zu Pferde sitzen und auf den Hasen warten, den die Jungen mit Geschrei und ihren Klappern aus dem Gebüsch zu scheuchen suchten. Wenn Grigorij Iwanowitsch dieses Zusammentreffen vorausgeahnt hätte, wäre er natürlich zur Seite abgebogen; aber er stieß ganz unerwartet auf Berestow und befand sich plötzlich in der Entfernung eines Pistolenschusses von ihm. Da war nichts zu machen. Als gebildeter Europäer ritt Muromskij an seinen Gegner heran und begrüßte ihn höflich. Berestow erwiderte die Begrüßung mit dem gleichen Eifer, mit dem ein Bär an der Kette sich auf Befehl des Bärenführers vor den *Herrschaften* verbeugt. In diesem Augenblick sprang der Hase aus dem Wald und lief über das Feld. Berestow und der Reitknecht fingen aus vollem Halse zu schreien an, ließen die Hunde los und setzten mit aller Kraft hinterher. Das Pferd Muromskijs, das noch nie auf einer Jagd gewesen war, scheute und galoppierte auf und davon. Muromskij, der überall verkündet hatte, daß er ein ausgezeichneter Reiter sei, ließ es laufen und war innerlich froh über diesen Vorfall, der ihn von dem unangenehmen Gesprächspartner befreite. Doch als das Pferd bis zu einer Schlucht galoppiert war, die es vorher nicht bemerkt hatte, brach es plötzlich aus, und Muromskij gelang es nicht, sich im Sattel zu halten. Er fiel recht hart auf den gefrorenen Boden, lag da und verfluchte seine kurzgeschwänzte Stute, die, als wäre sie zu sich gekommen, sofort stehengeblieben war, sowie sie den Reiter vermißte. Iwan Petrowitsch ritt zu ihm hin und erkundigte sich, ob er sich verletzt habe. Unterdessen führte der Reitknecht das Pferd, das an allem schuld war, am Zaum herbei. Er half Muromskij in den Sattel, und Berestow lud ihn zu sich ein. Muromskij konnte nicht ablehnen, da er sich verpflichtet fühlte, und auf diese Weise kehrte Berestow ruhmbedeckt heim, einen erjagten Hasen und seinen verletzten Gegner beinahe als Kriegsgefangenen mit sich führend.

Beim Frühstück entspann sich ein recht freundschaftliches Gespräch zwischen den Nachbarn. Muromskij erbat sich von Berestow einen Wagen, da er – wie er gestand – wegen des Sturzes nicht in der Lage war, selbst nach Hause zu reiten. Berestow begleitete ihn bis unter das Vordach, und Muromskij fuhr erst fort, als er von ihm das Ehrenwort erhalten hatte, am nächsten Tag zusammen mit Alexej Iwanowitsch nach Prilutschino zu kommen, um zu speisen, wie es unter Freunden üblich ist. Auf diese Weise schien eine alte und tief eingewurzelte Feindschaft wegen einer scheuen kurzschwänzigen Stute enden zu wollen.

Lisa kam Grigorij Iwanowitsch entgegengelaufen. »Was bedeutet das, Papa?« fragte sie voller Verwunderung. »Warum hinken Sie? Wo ist ihr Pferd? Wessen Wagen ist das?« – »Das errätst du nicht so leicht, my dear«, entgegnete Grigorij Iwanowitsch und erzählte alles, was vorgefallen war. Lisa traute kaum ihren Ohren. Ohne ihr Zeit zum Nachdenken zu geben, verkündete Grigorij Iwanowitsch, daß beide Berestows morgen zum Mittagessen kämen. »Was sagen Sie da!« sagte sie und erbleichte. »Die Berestows, Vater und Sohn! Morgen zum Mittagessen!

Nein, Papa, ganz wie Sie wünschen, aber ich werde mich auf keinen Fall zeigen.« – »Was fällt dir ein, hast du den Verstand verloren?« entgegnete der Vater. »Seit wann bist du so schüchtern, oder nährst du ihnen gegenüber einen erblichen Haß wie eine Romanheldin? Genug, hör mit den Dummheiten auf...« – »Nein, Papa, um nichts in der Welt, für keinen Schatz werde ich mich den Berestows zeigen.« Grigorij Iwanowitsch zuckte mit den Schultern und hörte auf, mit ihr zu streiten, da er wußte, daß durch Widerspruch bei ihr nichts zu erreichen war, und ging, um sich von seinem denkwürdigen Spazierritt auszuruhen.

Lisaweta Grigorjewna ging in ihr Zimmer und rief Nastja zu sich. Beide besprachen sich lange wegen des morgigen Besuchs. Was wird Alexej denken, wenn er in dem wohlerzogenen Fräulein seine Akulina wiedererkennt? Was für eine Meinung wird er von ihrem Benehmen und ihrer Lebensart, von ihrem Verstand haben? Andererseits hätte Lisa gerne gesehen, was für einen Eindruck so eine unerwartete Begegnung auf ihn machen würde... Plötzlich kam ihr ein Gedanke. Sofort teilte sie ihn Nastja mit; beide freuten sich darüber wie über einen Fund und beschlossen, ihre Idee unbedingt auszuführen.

Am nächsten Tag fragte Grigorij Iwanowitsch während des Frühstücks seine Tochter, ob sie immer noch vorhabe, sich vor den Berestows zu verstecken. »Papa«, antwortete Lisa, »ich werde sie empfangen, wenn es Ihnen recht ist, doch nur unter einer Bedingung: Wie ich mich auch zeigen werde, was immer ich auch tue, Sie dürfen mich nicht ausschimpfen und keinerlei Zeichen des Erstaunens oder der Unzufriedenheit von sich geben.« – »Wieder irgendwelche Streiche!« sagte Grigorij Iwanowitsch lachend. »Nun, gut, gut, ich bin einverstanden, mach, was du willst, mein schwarzäugiges Närrchen.« Mit diesen Worten küßte er sie auf die Stirn, und Lisa lief, um sich fertigzumachen.

Pünktlich um zwei Uhr fuhr eine sechsspännige Kutsche eigener Arbeit in den Hof und rollte bei dem dunkelgrünen Rasenplatz aus. Mit Hilfe zweier livrierter Lakaien Muromskijs ging der alte Berestow die Eingangstreppe hinauf. Nach ihm kam sein Sohn angeritten und betrat zusammen mit ihm den Speisesaal, wo der Tisch schon gedeckt war. Muromskij strömte vor Liebenswürdigkeit über, als er seine Gäste empfing, schlug ihnen vor, sich vor dem Essen Garten und Zwinger anzusehen, und führte sie die sorgfältig gefegten und mit Sand bestreuten Wege entlang. Der alte Berestow bedauerte innerlich, daß solch nutzlose Schrullen Arbeit und Zeit gekostet hatten, doch aus Höflichkeit schwieg er. Der junge Berestow teilte weder die Unzufriedenheit des sparsamen Gutsherrn noch die Begeisterung des selbstzufriedenen Anglomanen; voller Ungeduld wartete er auf das Erscheinen der Tochter des Hauses, von der er viel gehört hatte, und das, obwohl sein Herz, wie bekannt, schon nicht mehr frei war, doch eine junge Schöne hatte immer ein Recht auf seine Phantasie.

Sie kehrten ins Empfangszimmer zurück und nahmen alle drei Platz: Die Alten erinnerten sich der früheren Tage und erzählten sich Anekdoten aus ihrer Dienstzeit, und Alexej dachte darüber nach, was für eine Rolle er in Lisas Gegenwart spielen sollte. Er kam zu dem Schluß, daß kühle Zerstreutheit am passendsten wäre, und bereitete sich dementsprechend vor. Die Tür öffnete sich, und er wandte den Kopf mit solch einer Gleichgültigkeit, mit solch einer stolzen Nachlässigkeit, daß das Herz der abgefeimtesten Kokette hätte erzittern müssen. Unglücklicherweise trat statt Lisa die alte geschnürte und geschminkte Miss Jackson mit gesenktem Blick und kleinem Knicks ein, und Alexejs schöne Kriegslist fiel ins Wasser. Er hatte seine Kräfte noch nicht von neuem gesammelt, als sich wieder die Tür öffnete und dieses Mal Lisa hereintrat. Alle erhoben sich; der Vater begann die Gäste vorzustellen, doch plötzlich hielt er ein und biß sich eilig auf die Lippen... Lisa, seine braune Lisa, war weiß geschminkt bis an die Ohren, stärker gefärbt, als selbst Miss Jackson; falsche Lokken, viel heller als ihr eigenes Haar, türmten sich wie die Perücke Ludwigs XIV. auf ihrem Kopf; ihre Ärmel à l'imbécile standen ab wie der Reifrock der Madame Pompadour; die Taille war so zusammengeschnürt, daß sie dem Buchstaben X ähnelte, und sämtliche Brillanten ihrer Mutter, die noch nicht im Pfandhaus waren, glänzten an den Fingern, am Hals und an den Ohren. Alexej konnte in diesem lächerlichen und blitzenden Fräulein seine Akulina nicht erkennen. Sein Vater küßte ihr die Hand, und voller Ärger folgte er seinem Beispiel; als er ihre weißen Finger berührte, schien es ihm, als ob sie leicht erbebten. Unterdessen hatte er ihr kokett beschuhtes Füßchen bemerkt, das sie mit Absicht zur Schau stellte. Dies söhnte ihn etwas mit ihrer übrigen Aufmachung aus. Was die weiße Schminke und die gefärbten Augenbrauen anbelangte, so hatte er, ehrlich gesagt, beim ersten Anblick in seiner Herzenseinfalt nichts von ihnen gemerkt, und auch später kam er nicht auf diesen Gedanken. Grigorij Iwanowitsch erinnerte sich seines Versprechens und war bestrebt, nicht einmal den Anschein von Verwunderung zu erwecken; allein der Unfug seiner Tochter kam ihm so spaßig vor, daß er sich nur mit Mühe beherrschen konnte. Gar nicht zum Lachen zumute war der steifen Engländerin. Sie erriet, daß die schwarze und weiße Schminke aus ihrer Kommode entwendet worden war, und eine tiefe Röte des Ärgers durchdrang ihre künstliche weiße Gesichtsfarbe. Sie schleuderte der jungen Übeltäterin flammende Blicke zu, doch diese tat, als bemerke sie sie nicht, und behielt sich alle Erklärungen für später vor.

Man setzte sich an den Tisch. Alexej spielte die Rolle des Zerstreuten und Nachdenklichen weiter. Lisa zierte sich, sprach in singendem Tonfall durch die Zähne und nur französisch. Der Vater betrachtete sie alle Augenblicke, ohne ihre Absicht zu begreifen, doch hatte er an all dem seinen Spaß. Die Engländerin kochte vor Wut und schwieg. Nur Iwan Petrowitsch fühlte sich wie zu Hause: Er aß für zwei, trank sein übliches Maß, lachte über seine eigenen Scherze, und seine Unterhaltung und sein Lachen wurden von Stunde zu Stunde freundlicher.

Schließlich erhob man sich von der Tafel; die Gäste fuhren davon, und Grigorij Iwanowitsch ließ seinem Lachen und seinen Fragen freien Lauf. »Warum wolltest du sie zum Narren halten?« fragte er Lisa. »Doch weißt du was? Die weiße Schminke steht dir wirklich; ich kenne mich zwar in den Geheimnissen der Toilette einer Dame nicht aus, doch an deiner Stelle würde ich mich schminken, selbstverständlich nicht zu sehr, aber ein bißchen.« Lisa war entzückt von dem Erfolg ihres Einfalls. Sie umarmte ihren Vater, versprach, über seinen Rat nachzudenken, und lief, um die aufgebrachte Miss Jackson zu besänftigen, die kaum dazu zu bewegen war, ihr die Tür aufzuschließen und die Rechtfertigungen anzuhören. Lisa sei es peinlich gewesen, vor dem Unbekannten so dunkelhäutig zu erscheinen; sie habe nicht gewagt zu bitten ... Sie habe nicht daran gezweifelt, daß die gute, liebe Miss Jackson ihr verzeihen werde ... und so weiter und so fort. Als Miss Jackson sich vergewissert hatte, daß Lisa sich nicht über sie lustig machen wollte, beruhigte sie sich, küßte Lisa und gab ihr als Friedensunterpfand eine kleine Dose mit englischer Schminke, die Lisa auch voll ehrlicher Dankbarkeit entgegennahm.

Der Leser errät, daß Lisa am nächsten Tag in aller Frühe im verabredeten Wäldchen nicht auf sich warten ließ. »Warst du, Herr, gestern bei unseren Herrschaften?« fragte sie sofort Alexej. »Wie gefiel dir unser Fräulein?« Alexej antwortete, daß er sie nicht bemerkt habe. »Schade«, entgegnete Lisa. »Warum denn?« fragte Alexej. »Darum, weil ich dich fragen wollte, ob es wahr ist, was man bei uns sagt...« – »Was sagt man denn?« – »Ist es wahr, man sagt, ich sehe dem Fräulein sehr ähnlich?« – »Was für ein Unsinn! Im Vergleich zu dir ist sie häßlich wie die Nacht.« – »Ach, Herr, du versündigst dich, unser Fräulein ist so weiß, so aufgeputzt! Wie kann ich mich mit ihr vergleichen!« Alexej rief Gott zum Zeugen an, daß sie besser als sämtliche weißen Fräulein sei, und um sie gänzlich zu beruhigen, fing er an, ihre Herrin so komisch zu beschreiben, daß Lisa von ganzem Herzen lachte. »Trotzdem«, sagte sie mit einem Seufzer, »wenn auch das Fräulein vielleicht komisch ist, so bin ich doch im Vergleich zu ihr eine dumme Gans, die weder lesen noch schreiben kann.« – »Du lieber Gott!« sagte Alexej. »Worüber du dir den Kopf zerbrichst! Wenn Du willst, bringe ich dir jetzt gleich Lesen und Schreiben bei.« – »Wahrhaftig«, sagte Lisa, »warum sollten wir es nicht tatsächlich probieren?« – »Bitte schön, meine Liebe, von mir aus können wir gleich anfangen.« Sie setzten sich. Alexej holte aus seiner Tasche Bleistift und Notizbuch, und Akulina lernte das Alphabet in erstaunlich kurzer Zeit. Alexej konnte sich nicht genug über ihre schnelle Auffassungsgabe wundern. Am nächsten Morgen wollte sie auch das Schreiben probieren;

zuerst gehorchte ihr der Bleistift nicht, doch nach einigen Minuten konnte sie auch schon recht ordentliche Buchstaben malen. »Ein Wunder!« sagte Alexej. »Bei uns geht ja der Unterricht schneller als nach dem Lancastersystem.« In der Tat, beim drittenmal entzifferte Akulina schon silbenweise »Natalja, die Bojarentochter«, und unterbrach ihr Lesen mit Bemerkungen, die Alexej ehrlich verwunderten, und kritzelte ein ganzes Blatt voll mit Aphorismen, die sie dieser Erzählung entnahm.

Eine Woche verging, und sie standen bereits im Schriftwechsel miteinander. Als Postamt war ein alter hohler Eichenstamm eingerichtet worden. Nastja versah heimlich das Amt des Briefträgers. Dahin brachte Alexej seine mit großer Handschrift geschriebenen Briefe, und dort fand er auch auf einfachem blauen Papier das Gekritzel seiner Angebeteten vor. Akulina gewöhnte sich sichtlich an eine bessere Ausdrucksweise, und ihr Verstand entwickelte und bildete sich auffallend.

Unterdessen hatte sich die kürzlich geschlossene Bekanntschaft zwischen Iwan Petrowitsch Berestow und Grigorij Iwanowitsch Muromskij immer weiter gefestigt und sich bald in eine Freundschaft verwandelt, und zwar durch folgende Umstände: Muromskij dachte nicht selten daran, daß nach Iwan Petrowitschs Tode der ganze Besitz auf Alexej Iwanowitsch übergehen, daß Alexej Iwanowitsch in diesem Fall einer der reichsten Gutsbesitzer des Gouvernements sein würde und daß es keinerlei Gründe gäbe, aus denen heraus er Lisa nicht heiraten sollte. Der alte Berestow seinerseits war sich zwar drüber im klaren, daß sein Nachbar von einer gewissen Tollheit besessen sei (oder, wie er es nannte, von der englischen Verrücktheit), jedoch gestand er ihm auch viele ausgezeichnete Eigenschaften zu, zum Beispiel eine seltene Gewandtheit; Grigorij Iwanowitsch war ein naher Verwandter des Grafen Pronskij, eines angesehenen und einflußreichen Mannes; der Graf konnte Alexej sehr nützlich sein, und Muromskij (so dachte Iwan Petrowitsch) wird sich wahrscheinlich über die Gelegenheit freuen, seine Tochter so günstig verheiraten zu können. Die Alten hatten das bisher jeder für sich allein überlegt, schließlich sprachen sie darüber, umarmten sich, versprachen sich gegenseitig, die Sache gehörig voranzutreiben, und machten sich, jeder auf seine Weise, an die Ausführung. Muromskij stand eine schwere Aufgabe bevor: Er mußte seine Betsy dazu bewegen, möglichst schnell die nähere Bekanntschaft Alexejs zu machen, den sie nur von dem denkwürdigen Mittagessen her kannte. Wie es schien, hatten sie keinen allzu großen Gefallen aneinander gefunden; jedenfalls war Alexej nicht wieder nach Prilutschino gekommen, und Lisa ging jedesmal in ihr Zimmer, wenn Iwan Petrowitsch sie mit seinem Besuch beehrte. Aber, dachte Grigorij Iwanowitsch, wenn Alexej jeden Tag bei mir ist, dann wird sich Betsy schließlich in ihn verlieben. Das liegt in der Natur der Dinge. Die Zeit bringt alles in Ordnung.

Iwan Petrowitsch machte sich weniger Sorgen

über den Erfolg seiner Absichten. Noch am gleichen Abend ließ er den Sohn in sein Arbeitszimmer kommen, zündete sich die Pfeife an und sagte nach einer kleinen Pause: »Du hast in letzter Zeit, Aljoscha, gar nicht mehr vom Militärdienst gesprochen? Oder reizt dich die Husarenuniform nicht mehr!« – »Nein, Vater«, antwortete Alexej ehrerbietig, »ich merke, daß es Ihnen nicht recht ist, wenn ich zu den Husaren gehe; meine Pflicht ist, Ihnen zu gehorchen.« – »Gut«, antwortete Iwan Petrowitsch, »ich sehe, du bist ein gehorsamer Sohn; das freut mich; ich will dich auch nicht gegen deinen Willen zwingen, auf der Stelle in den Zivildienst zu treten, aber vorläufig habe ich vor, dich zu verheiraten.«

»Mit wem denn, Vater?« fragte der erstaunte Alexej.

»Mit Lisaweta Grigorjewna Muromskaja«, antwortete Iwan Petrowitsch. »Eine ausgezeichnete Braut, nicht wahr?«

»Vater, ich denke noch nicht ans Heiraten.«

»Du denkst nicht daran, aber ich habe für dich gedacht und mehr als einmal.«

»Ganz wie Sie wünschen, aber Lisa Muromskaja gefällt mir überhaupt nicht.«

»Sie wird dir später schon gefallen. Wenn ihr nur miteinander auskommt, so werdet ihr euch auch lieben.«

»Ich fühle mich nicht in der Lage, sie glücklich zu machen.«

»Ihr Glück soll nicht deine Sache sein. Was? So achtest du den väterlichen Willen? Ausgezeichnet!«

»Wie Sie wünschen, aber ich will nicht heiraten, und ich werde nicht heiraten.«

»Du wirst heiraten, oder ich verfluche dich, und das Gut werde ich – so wahr Gott heilig ist – verkaufen und verschleudern, und dir werde ich keinen roten Heller übriglassen. Ich gebe dir drei Tage Bedenkzeit, doch vorläufig wage es nicht, mir unter die Augen zu treten.«

Alexej wußte, wenn sein Vater sich etwas in den Kopf gesetzt hatte, würde es kein Keil wieder heraustreiben, wie Taras Skotinin sagt; allein Alexej war nach dem Vater geraten, und ihn zu überzeugen war ebenso schwer. Er ging in sein Zimmer und begann über die Grenzen der väterlichen Macht nachzudenken, über Lisaweta Grigorjewna, über das feierliche Versprechen des Vaters, ihn zum Bettler zu machen, und schließlich über Akulina. Zum erstenmal wurde ihm klar, daß er leidenschaftlich in sie verliebt war; der romantische Gedanke, eine Bäuerin zu heiraten und von seiner Hände Arbeit zu leben, kam ihm in den Sinn, und je mehr er über diesen entscheidenden Schritt nachdachte, desto vernünftiger fand er ihn. Seit einiger Zeit hatten ihre Zusammenkünfte im Wäldchen wegen des Regenwetters aufgehört. Er schrieb mit deutlicher Schrift und in den verzweifeltesten Ausdrücken einen Brief an Akulina, in dem er sie von dem drohenden Verderben unterrichtete, und bat sie anschließend um ihre Hand. Sofort trug er den Brief zur Post, in den Eichenstamm, und legte sich danach, äußerst zufrieden mit sich, schlafen.

Fest in seinem Entschluß, fuhr Alexej am nächsten Tag zu Muromskij, um offen mit ihm zu sprechen. Er hoffte, seine Großmut zu wecken und ihn für sich zu gewinnen. »Ist Grigorij Iwanowitsch zu Hause?« fragte er, als er sein Pferd vor der Auffahrt des Schlosses von Prilutschino zügelte. »Nein«, antwortete der Diener, »Grigorij Iwanowitsch beliebten heute früh auszufahren.« – Wie ärgerlich! dachte Alexej. »Ist wenigstens Lisaweta Grigorjewna zu Hause?« – »Jawohl.« Und Alexej sprang vom Pferd, gab dem Lakaien die Zügel und trat unangemeldet ein.

Jetzt wird sich alles entscheiden, dachte er, als er sich dem Empfangszimmer näherte. Ich werde mit ihr selbst sprechen. Er trat ein und – erstarrte! Lisa ... nein, Akulina, die liebe braune Akulina, und nicht im Sarafan, sondern im weißen Morgenkleid, saß am Fenster und las seinen Brief; sie war so damit beschäftigt, daß sie nicht hörte, wie er eintrat. Alexej konnte einen freudigen Ausruf nicht unterdrücken. Lisa zuckte zusammen, hob den Kopf, schrie auf und wollte davonlaufen. Er stürzte zu ihr, um sie aufzuhalten. »Akulina, Akulina!« Lisa versuchte, sich von ihm frei zu machen ... »Mais laissez-moi donc, monsieur; mais êtes-vous fou?« wiederholte sie und wandte sich von ihm ab. »Akulina! Liebste Akulina!« wiederholte er immer wieder und küßte ihre Hände. Miss Jackson, die dieser Szene beiwohnte, wußte nicht, was sie denken sollte. In diesem Augenblick öffnete sich die Tür, und herein trat Grigorij Iwanowitsch.

»Sieh da!« sagte Muromskij. »Bei euch scheint ja schon alles in bester Ordnung zu sein ...«

Die Leser werden mich von der überflüssigen Pflicht entbinden, den Ausgang zu beschreiben.

Ende der Erzählungen J.P. Belkins

Pique Dame

Pique Dame bedeutet heimliches Übelwollen.

Neuestes Traumbuch

I

Waren die Tage trüb,
Nahmen sie vorlieb
Mit dem Spiel;
Setzten – Gott sei's geklagt! –
Immer sehr gewagt
Und sehr viel;
Schrieben mit Kreide hin
Den Verlust und Gewinn,
Ohne zu warten.
So, wenn die Tage trüb,
War ihnen die Arbeit lieb
Mit den Karten.

Bei dem Gardekavalleristen Narumow spielte man eines Abends Karten. Die lange Winternacht war unbemerkt vorübergegangen; zum Abendessen setzte man sich gegen fünf Uhr morgens. Die Gewinner aßen mit großem Appetit; die übrigen saßen zerstreut vor ihren leeren Gedecken. Doch als der Champagner gebracht wurde, lebte die Unterhaltung auf, und alle nahmen an ihr teil.

»Wie ist es dir ergangen, Surin?« fragte der Gastgeber.

»Ich habe verloren, wie gewöhnlich. Ich muß gestehen, daß ich kein Glück habe: Ich spiele Mirandole, rege mich niemals auf, nichts bringt mich aus der Fassung, und doch verliere ich immer!«

»Und du hast dich kein einziges Mal hinreißen lassen? Kein einziges Mal auf *Route* gesetzt? Deine Standhaftigkeit wundert mich.«

»Was sagt ihr aber erst zu Hermann?« meinte einer der Gäste und wies auf den jungen Genieoffizier. »Noch nie hat er eine Karte in die Hand genommen, noch nie ein Paroli geboten und sitzt bis fünf Uhr mit uns zusammen und sieht dem Spiel zu!«

»Das Spiel interessiert mich sehr«, sagte Hermann, »doch ich bin nicht in der Lage, Unentbehrliches zu opfern, in der Hoffnung, Überflüssiges zu erwerben.«

»Hermann ist ein Deutscher – er ist berechnend, das ist alles!« bemerkte Tomskij. »Aber wenn ich jemanden nicht verstehe, so ist es meine Großmutter, die Gräfin Anna Fedotowna.«

»Wie? Was?« riefen die Gäste.

»Ich kann einfach nicht begreifen«, fuhr Tomskij fort, »warum meine Großmutter nicht pointiert!«

»Was ist denn Erstaunliches daran«, sagte Narumow, »wenn eine achtzigjährige Frau nicht pointiert?«

»Ihr wißt also nichts über sie?«

»Nein! Wir wissen wirklich nichts!«

»Oh, hört also zu. Ihr müßt wissen, daß meine Großmutter vor etwa sechzig Jahren nach Paris fuhr und dort in großer Mode war. Alle liefen ihr nach, um la Vénus moscovite zu sehen; Richelieu machte ihr den Hof, und die Großmutter versichert, daß er sich wegen ihrer Unnahbarkeit beinah erschossen hätte.

Damals spielten die Damen Pharao. Bei Hof verlor sie einmal auf Ehrenwort sehr viel an den Herzog von Orléans. Als die Großmutter zu Hause angekommen war, löste sie die Schönheitspflästerchen vom Gesicht, schnürte den Reifrock los, teilte dabei dem Großvater ihre Spielschuld mit und befahl, sie zu begleichen.

Der selige Großvater war, soweit ich mich erinnere, eine Art Haushofmeister bei der Großmutter. Er fürchtete sie wie das Feuer; als er jedoch von solch einer entsetzlich hohen Spielschuld hörte, geriet er außer sich, brachte die Rechnungen, bewies ihr, daß sie in einem halben Jahr eine halbe Million verbraucht hätten, daß sich bei Paris weder ihre Moskauer noch Saratower Dörfer befänden, und lehnte eine Zahlung rundweg ab. Die Großmutter gab ihm eine Ohrfeige und legte sich zum Zeichen ihrer Ungnade allein schlafen.

Am nächsten Tag ließ sie ihren Mann rufen, in der Hoffnung, daß die häusliche Strafe nicht ohne Wirkung geblieben sei, doch er war unerschütterlich. Zum erstenmal im Leben ließ sie sich mit ihm in Erörterungen und Erklärungen ein; sie wollte ihm ins Gewissen reden, bewies herablassend, daß Schuld nicht gleich Schuld sei und daß es einen Unterschied zwischen einem Prinzen und einem Stellmacher gäbe. – Vergeblich! Der Großvater rebellierte. Nein, und abermals nein! Die Großmutter wußte nicht, was sie tun sollte.

Sie war flüchtig mit einem außergewöhnlichen Mann bekannt. Ihr habt alle vom Grafen Saint-Germain gehört, von dem man sich so viel Wunderbares erzählt. Ihr wißt, daß er sich für den Ewigen Juden ausgab, für den Erfinder des Lebenselexiers, des Steins der Weisen und dergleichen. Man lachte über ihn wie über einen Scharlatan, und Casanova sagt von ihm in seinen Memoiren, er sei ein Spion; trotz seines geheimnisvollen Wesens hatte Saint-Germain übrigens ein sehr würdiges Aussehen und war in Gesellschaft ein äußerst liebenswürdiger Mensch. Meine Großmutter ist noch heute von ihm begeistert und wird böse, wenn man von ihm abfällig spricht. Meine Großmutter wußte, daß Saint-Germain über große Summen verfügen konnte. Sie beschloß, sich an ihn zu wenden. Sie schrieb ihm ein Billett und bat ihn, sie sofort zu besuchen.

Der alte Sonderling erschien unverzüglich und fand sie in tiefem Kummer vor. Sie schilderte ihm die barbarische Grausamkeit ihres Mannes in den schwärzesten Farben und sagte schließlich, daß sie ihre ganze Hoffnung auf seine Freundschaft und Liebenswürdigkeit setze.

Saint-Germain dachte nach.

›...Ich könnte Ihnen mit dieser Summe dienen‹, sagte er, ›doch ich weiß, daß Sie keine Ruhe finden werden, bevor Sie mir das Geld zurückgegeben haben, ich möchte Ihnen aber neue Ungelegenheiten ersparen. Es gibt ein anderes Mittel: Sie können die Schuld im Spiel zurückgewinnen.‹ – ›Aber, lieber Graf‹, antwortete die Großmutter, ›ich sage Ihnen doch, wir haben keinerlei Geld.‹ – ›Geld ist hierbei nicht nötig‹, entgegnete Saint-Germain, ›hören Sie mich bitte an.‹ Und er eröffnete ihr ein Geheimnis, für das jeder von uns viel geben würde...«

Die jungen Spieler verdoppelten ihre Aufmerksamkeit. Tomskij zündete sich eine Pfeife an, tat einen Zug und fuhr fort.

»Am selben Abend erschien die Großmutter in Versailles au jeu de la Reine. Der Herzog von Orléans hielt die Bank; die Großmutter bat flüchtig um Entschuldigung, daß sie ihre Schuld nicht gleich mitgebracht habe, erfand zu ihrer Rechtfertigung eine kleine Geschichte und begann gegen ihn zu pointieren. Sie wählte drei Karten, setzte eine nach der anderen: Alle drei gewannen Sonika, und die Großmutter hatte alles wieder zurückgewonnen.«

»Zufall!« sagte einer der Gäste.

»Ein Märchen!« bemerkte Hermann.

»Vielleicht waren es gezinkte Karten?« meinte ein Dritter.

»Ich glaube nicht«, antwortete Tomskij ernst.

»Wie!« sagte Narumow, »du hast eine Großmutter, die drei Karten hintereinander trifft, und hast von ihr dieses Geheimnis noch nicht erfahren können?«

»Den Teufel auch!« antwortete Tomskij. »Sie hatte vier Söhne, einer von ihnen war mein Vater: Alle vier waren leidenschaftliche Spieler, und keinem von ihnen hat sie ihr Geheimnis mitgeteilt, obwohl das für sie – und sogar auch für mich – nicht schlecht gewesen wäre. Doch folgendes hat mir mein Onkel, Graf Iwan Iljitsch, erzählt und bei seiner Ehre versichert, daß es wahr sei. Der verstorbene Tschaplizkij, derselbe, der Millionen durchgebracht hatte und als Bettler gestorben war, hatte in seiner Jugend einmal dreihunderttausend, ich glaube an Soritsch, im Spiel verloren. Er war verzweifelt. Der Großmutter, die sich Streichen junger Leute gegenüber immer streng verhielt, tat Tschaplizkij leid. Sie nannte ihm drei Karten, auf die er nacheinander setzen sollte, und ließ sich sein Ehrenwort geben, in Zukunft nie mehr zu spielen. Tschaplizkij erschien bei seinem Besieger, und sie begannen mit dem Spiel. Tschaplizkij setzte auf die erste Karte fünfzigtausend und gewann Sonika, er bot Paroli, Paroli-pé, gewann alles wieder und hatte noch einen Gewinn...

Doch es ist Zeit, schlafen zu gehen: Es ist schon drei Viertel sechs.«

Tatsächlich wurde es schon hell; die jungen Leute tranken ihre Gläser aus und fuhren nach Hause.

II

»Il paraît que monsieur est décidément pour les suivantes.«
»Que voulez-vous, madame?
Elles sont plus fraîches.«
Gespräch in der vornehmen Gesellschaft

Die alte Gräfin *** saß in ihrem Ankleidezimmer vor dem Spiegel. Drei Mädchen umringten sie. Die eine hielt ein Näpfchen mit Schminke in der Hand, die andere eine Schachtel mit Nadeln, die dritte eine hohe Haube mit feuerroten Bändern. Die Gräfin konnte nicht mehr den geringsten Anspruch auf Schönheit erheben, die längst vergangen war, doch behielt sie alle Gewohnheiten ihrer Jugend bei, kleidete sich genau nach der Mode der siebziger Jahre und machte ebenso lange und sorgfältig Toilette wie vor sechzig Jahren. Am Fenster saß an einem Stickrahmen ein junges Fräulein, ihre Pflegetochter.

»Guten Tag, grand'maman«, sagte der junge Offizier, der eingetreten war. »Bonjour, mademoiselle Lise. Grand'maman, ich komme mit einer Bitte zu Ihnen.«

»Was ist, Paul?«

»Gestatten Sie, daß ich Ihnen einen meiner Freunde vorstelle und ihn am Freitag zu Ihrem Ball mitbringe.«

»Bring ihn direkt zum Ball, und dort stellst du ihn mir auch vor. Bist du gestern bei *** gewesen?«

»Natürlich! Es war sehr lustig, bis fünf Uhr wurde getanzt. Wie schön die Jelezkaja war!«

»Ach, mein Lieber! Was ist an ihr schön? Was ist sie im Vergleich zu ihrer Großmutter, der Fürstin Darja Petrowna? Übrigens, ich nehme an, sie ist schon sehr gealtert, die Fürstin Darja Petrowna?«

»Wie, gealtert?« antwortete Tomskij zerstreut. »Sie ist doch schon vor sieben Jahren gestorben.«

Das Fräulein hob den Kopf und machte dem jungen Mann ein Zeichen. Er erinnerte sich, daß man der alten Gräfin den Tod ihrer Altersgenossinnen verheimlichte, und biß sich auf die Lippen. Doch die Gräfin nahm die ihr neue Nachricht mit großem Gleichmut auf.

»Sie ist gestorben!« sagte sie. »Und ich habe es nicht einmal gewußt! Wir sind beide zusammen zu Hofdamen ernannt worden, und als wir uns vorstellten, da sagte die Kaiserin...«

Und die Gräfin erzählte dem Enkel zum hundertstenmal ihre Anekdote.

»Nun, Paul«, sagte sie dann, »sei mir beim Aufstehen behilflich. Lisanka, wo ist meine Tabatiere?«

Und die Gräfin ging mit ihren Mädchen hinter den Wandschirm, um ihre Toilette zu beenden. Tomskij blieb mit dem Fräulein allein.

»Wen wollen Sie vorstellen?« fragte leise Lisaweta Iwanowna.

»Narumow. Kennen Sie ihn?«

»Nein! Ist er Offizier oder Zivilist?«

»Offizier.«

»Genieoffizier?«

»Nein! Kavallerist. Aber warum haben Sie gedacht, daß er Genieoffizier ist?«

Das Fräulein lachte und gab keine Antwort.

»Paul!« rief die Gräfin hinter dem Wandschirm, »schicke mir irgendeinen neuen Roman, aber bitte keinen modernen.«

»Wie soll ich das verstehen, grand'maman?«

»Ich meine einen Roman, in dem der Held weder den Vater noch die Mutter erwürgt und in dem es keine Ertrunkenen gibt. Ich fürchte mich entsetzlich vor Wasserleichen!«

»Solche Romane gibt es heutzutage nicht. Oder wollen Sie etwa russische haben?«

»Gibt es denn russische Romane? Schicke sie mir, mein Lieber, bitte schicke sie mir!«

»Leben Sie wohl, grand'maman, ich habe es eilig... Leben Sie wohl, Lisaweta Iwanowna! Warum haben Sie nur gedacht, daß Narumow Genieoffizier ist?«

Und Tomskij verließ das Ankleidezimmer.

Lisaweta Iwanowna blieb allein zurück. Sie hörte mit ihrer Arbeit auf und sah zum Fenster hinaus. Bald darauf kam auf der anderen Straßenseite hinter einem Eckhaus ein junger Offizier hervor. Eine tiefe Röte überzog ihre Wangen, sie nahm ihre Arbeit wieder auf und beugte den Kopf über die Stickerei. In diesem Augenblick trat die Gräfin vollständig angekleidet ein.

»Lisanka«, sagte sie, »laß anspannen, wir werden spazierenfahren.«

Lisanka erhob sich hinter ihrem Stickrahmen und räumte ihre Arbeit fort.

»Was hast du, meine Beste! Bist du etwa taub?« schrie die Gräfin. »Laß sofort anspannen.«

»Gleich!« antwortete das Fräulein leise und lief in das Vorzimmer.

Ein Diener trat herein und überreichte der Gräfin Bücher vom Fürsten Pawel Alexandrowitsch.

»Gut! Ich lasse danken«, sagte die Gräfin. »Lisanka, Lisanka! Wo läufst du denn hin?«

»Mich anziehen.«

»Das eilt nicht, meine Beste. Setz dich her. Schlag den ersten Band auf, lies mir vor...«

Das Fräulein nahm das Buch und las einige Zeilen vor.

»Lauter!« sagte die Gräfin. »Was ist mit dir, meine Beste? Hast du deine Stimme verloren? Warte, rück mir den Schemel heran, näher ... Nun!«

Lisaweta Iwanowna las noch zwei Seiten vor. Die Gräfin gähnte.

»Hör mit diesem Buch auf«, sagte sie. »Was für ein Unsinn! Schick das an den Fürsten Pawel zurück und laß ihm danken ... Wo bleibt denn die Kutsche?«

»Die Kutsche steht bereit«, antwortete Lisaweta Iwanowna, nachdem sie auf die Straße geguckt hatte.

»Warum bist du denn nicht angezogen?« fragte die Gräfin. »Immer muß man auf dich warten! Das ist unerträglich, meine Beste.«

Lisa lief in ihr Zimmer. Keine zwei Minuten waren vergangen, als die Gräfin mit aller Kraft zu klingeln begann. Drei Mädchen kamen durch die eine Tür herbeigelaufen und ein Kammerdiener durch die andere.

»Hört ihr denn schlecht?« sagte die Gräfin zu ihnen. »Sagt Lisaweta Iwanowna, daß ich auf sie warte.«

Lisaweta Iwanowna trat in Hut und Mantel herein.

»Endlich, meine Beste!« sagte die Gräfin. »Was für eine Aufmachung! Wozu das? Wen willst du bezaubern? Und wie ist das Wetter? Es scheint windig zu sein.«

»Durchaus nicht, Euer Erlaucht! Es ist vollkommen windstill!« antwortete der Kammerdiener.

»Ihr redet immer, was euch grade in den Kopf kommt! Macht mal die Fensterklappe auf. Wie ich es gesagt habe – Wind! Und noch dazu eisig kalter! Laßt ausspannen! Lisanka, wir fahren nicht: Du hast dich umsonst herausgeputzt.«

Und das ist nun mein Leben! dachte Lisaweta Iwanowna.

Lisaweta war wirklich ein äußerst unglückliches Geschöpf. Fremdes Brot schmeckt bitter, sagt Dante, und schwer fällt es, die Treppe eines fremden Hauses hochzusteigen, und wer kannte die Bitternis der Abhängigkeit besser als die arme Pflegetochter der alten Aristokratin? Die Gräfin *** hatte natürlich kein schlechtes Herz; doch als eine von der Gesellschaft verwöhnte Frau war sie launisch, zudem geizig und von einem kalten Egoismus durchdrungen, wie alle alten Leute, die zu ihrer Zeit geliebt haben und der heutigen fremd gegenüberstehen. Sie nahm an allen Zerstreuungen der großen Welt teil, schleppte sich auf Bälle, wo sie, geschminkt und altmodisch gekleidet, wie eine häßliche und notwendige Verzierung des Ballsaales in der Ecke saß; unter tiefen Verbeugungen näherten sich ihr wie nach einem vorgeschriebenen Zeremoniell die eintreffenden Gäste, und dann kümmerte sich keiner mehr um sie. Bei sich zu Hause empfing sie die ganze Stadt, beachtete dabei die strengste Etikette und erkannte niemanden. Ihre zahlreiche Dienerschaft, die in ihrem Vorzimmer und in ihrer Mädchenstube dick und grau geworden war, tat, was ihr gefiel, und bestahl die sterbende Alte um die Wette. Lisaweta Iwanowna war die Märtyrerin des Hauses. Sie schenkte Tee ein und mußte sich wegen des allzu hohen Zuckerverbrauchs Vorwürfe anhören, sie las aus Romanen vor und war an allen Fehlern des Autors schuld; sie begleitete die Gräfin auf Spazierfahrten und war für Wetter und Straßenpflaster verantwortlich. Ihr war ein Gehalt bestimmt, das sie niemals voll ausgezahlt bekam, und dabei verlangte man von ihr, daß sie angezogen sei wie alle, das heißt wie sehr wenige. In der Gesellschaft spielte sie die bedauernswerteste Rolle. Alle kannten sie, doch niemand achtete sie; auf Bällen tanzte sie nur, wenn ein Visavis fehlte, und die Damen nahmen sie immer dann unter den Arm, wenn sie in die Garderobe mußten, um etwas an ihrer Toilette in Ordnung zu bringen. Sie besaß ein ausgeprägtes Ehrgefühl, empfand lebhaft ihre Lage und sah sich in ungeduldiger Erwartung nach einem Befreier um. Doch die jungen, in ihrer leichtsinnigen Eitelkeit berechnenden Männer schenkten ihr keine Aufmerksamkeit, obwohl Lisaweta Iwanowna hundertmal liebreicher war als die frechen und kühlen Bräute, die sie umwarben. Wie oft hatte sie den langweiligen und prunkvollen Saal unbemerkt verlassen und war, um zu weinen, auf ihr Zimmer gegangen, in dem ein mit Tapete beklebter Wandschirm, eine Kommode, ein Spiegel und ein angestrichenes Bett standen und wo ein Talglicht düster in einem kupfernen Leuchter brannte!

Eines Tages – dies geschah zwei Tage nach dem

Abend, den wir zu Beginn der Erzählung beschrieben, und eine Woche vor der Szene, bei der wir stehenblieben –, eines Tages, als Lisaweta Iwanowna am Fenster vor ihrem Stickrahmen saß, blickte sie zufällig auf die Straße hinaus und bemerkte einen jungen Offizier, der unbeweglich dastand und unverwandt zu ihrem Fenster hinaufblickte. Sie senkte den Kopf und beschäftigte sich wieder mit ihrer Arbeit; nach fünf Minuten sah sie von neuem hinaus – der Offizier stand auf derselben Stelle. Da sie nicht die Gewohnheit hatte, mit vorübergehenden Offizieren zu kokettieren, blickte sie überhaupt nicht mehr auf die Straße und stickte ungefähr zwei Stunden, ohne aufzusehen. Das Mittagessen wurde aufgetragen. Sie erhob sich, räumte den Stickrahmen zur Seite, warf zufällig einen Blick auf die Straße und sah wieder den Offizier. Dies kam ihr höchst seltsam vor. Nach dem Essen trat sie mit dem Gefühl einer gewissen Unruhe an das Fenster, doch der Offizier war nicht mehr da – und sie vergaß ihn ...

Nach etwa zwei Tagen, als sie mit der Gräfin hinausging, um sich in die Kutsche zu setzen, sah sie ihn wieder. Er stand unmittelbar neben der Auffahrt, sein Gesicht war von einem Biberpelzkragen verdeckt, und seine schwarzen Augen funkelten unter dem Hut. Lisaweta Iwanowna erschrak – sie wußte selbst nicht wovor – und nahm in unbeschreiblicher Aufregung in der Kutsche Platz.

Als sie zurückgekehrt war, lief sie sofort zum Fenster – der Offizier stand an der früheren Stelle und hielt seine Augen auf sie gerichtet; sie trat zurück, von Neugier gepeinigt und von einem Gefühl erregt, das ihr völlig neu war.

Seitdem verging kein Tag, an dem der junge Mann nicht zu bestimmter Stunde unter den Fenstern des Hauses erschienen wäre. Zwischen ihm und ihr bildeten sich ohne jegliche Verabredung gewisse Beziehungen heraus. Wenn sie auf ihrem Platz bei der Arbeit saß, dann spürte sie sein Nahen – sie hob den Kopf und sah von Tag zu Tag länger hinunter. Der junge Mann war ihr, so schien es, dafür dankbar. Mit dem scharfen Auge der Jugend bemerkte sie, wie jedesmal eine schnelle Röte seine bleichen Wangen überzog, wenn sich ihre Blicke trafen. Nach einer Woche lächelte sie ihm zu ...

Als Tomskij um die Erlaubnis bat, der Gräfin seinen Freund vorstellen zu dürfen, schlug dem armen Mädchen das Herz bis zum Hals. Doch als sie erfuhr, daß Narumow kein Genieoffizier war, sondern Gardekavallerist, bedauerte sie, durch eine unbescheidene Frage dem leichtsinnigen Tomskij ihr Geheimnis verraten zu haben.

Hermann war der Sohn eines zum Russen gewordenen Deutschen, der ihm ein kleines Kapital hinterlassen hatte. Von der Notwendigkeit, seine Unabhängigkeit zu festigen zutiefst überzeugt, rührte Hermann nicht einmal die Prozente an, lebte nur vom Gehalt und gestattete sich nicht den geringsten Luxus. Er war übrigens verschlossen und ehrgeizig, und seine Kameraden hatten selten Gelegenheit, sich über seine übertriebene Sparsamkeit lustig zu machen. Er war sehr leidenschaftlich und hatte eine glühende Phantasie, doch seine Festigkeit schützte ihn vor den üblichen Verirrungen der Jugend. So nahm er zum Beispiel, obwohl er innerlich ein Spieler war, niemals eine Karte in die Hand, da er sich ausgerechnet hatte, daß sein Vermögen ihm nicht erlaube (wie er zu sagen pflegte), *Unentbehrliches zu opfern, in der Hoffnung, Überflüssiges zu erwerben* – saß aber ganze Nächte an den Spieltischen und folgte in fieberhafter Erregung dem wechselhaften Verlauf des Spiels.

Die Geschichte von den drei Karten beschäftigte seine Phantasie stark und ging ihm die ganze Nacht nicht aus dem Kopf. Was wäre, dachte er am Abend des nächsten Tages, als er in Petersburg umherschlenderte, wenn die alte Gräfin mir ihr Geheimnis entdeckte! Oder mir ihre drei sicheren Karten nennte! Warum soll ich mein Glück nicht versuchen?... Ich lasse mich vorstellen, erwerbe ihr Vertrauen – vielleicht werde ich ihr Liebhaber –, doch all das braucht seine Zeit, und sie ist siebenundachtzig Jahre alt, sie kann in einer Woche sterben – in zwei Tagen schon!... Und die Geschichte selbst?... Kann man ihr glauben?... Nein! Berechnung, Sparsamkeit und Fleiß: das sind meine drei sicheren Karten, das ist es, was mein Kapital verdreifachen, versiebenfachen wird und mir Ruhe und Unabhängigkeit gibt.

Während er diese Überlegungen anstellte, war er auf eine der Hauptstraßen Petersburgs gekommen und stand plötzlich vor einem Haus alter Bauart. Die

Straße war voller Equipagen, und eine Kutsche nach der anderen rollte an die erleuchtete Auffahrt vor. Aus den Kutschen streckte sich alle Augenblicke bald das schlanke Bein einer jungen Schönheit, bald ein knarrender Kanonenstiefel, bald ein gestreifter Strumpf und ein Diplomatenschuh. Pelze und Umhänge eilten an dem majestätischen Portier vorüber. Hermann blieb stehen.

»Wem gehört dieses Haus?« fragte er den Wächter an der Ecke.

»Der Gräfin ***«, antwortete der Wächter.

Hermann geriet in Erregung. Die wunderbare Geschichte erstand erneut in seiner Phantasie. Er ging vor dem Haus auf und ab, dachte an dessen Herrin und ihre wunderbare Fähigkeit. Erst spät kehrte er in sein bescheidenes Heim zurück; lange konnte er nicht einschlafen, und als der Schlaf ihn überwältigt hatte, träumte er von Karten, dem grünen Spieltisch, Geldscheinbündeln und Haufen von Goldmünzen. Er setzte eine Karte nach der anderen, bog entschlossen die Ecken, gewann unaufhörlich, scharrte das Gold an sich und steckte die Geldscheine in die Tasche. Er wachte spät auf, seufzte über den Verlust seines phantastischen Reichtums, schlenderte von neuem in der Stadt umher und befand sich wieder vor dem Haus der Gräfin***. Eine unsichtbare Kraft zog ihn, so schien es, zu ihm hin. Er blieb stehen und sah zu den Fenstern hinauf. In einem von ihnen sah er ein schwarzhaariges Köpfchen, das wahrscheinlich über ein Buch oder eine Handarbeit gebeugt war. Der

Kopf erhob sich. Hermann sah ein frisches Gesicht und schwarze Augen. Dieser Augenblick entschied über sein Schicksal.

III

> Vous m'écrivez, mon ange, des lettres de quatre pages plus vite que je ne puis les lire.
> *Aus einem Briefwechsel*

Kaum hatte Lisaweta Iwanowna Mantel und Hut abgelegt, als die Gräfin nach ihr schickte und von neuem anspannen ließ. Sie gingen hinunter, um einzusteigen. In dem Augenblick, als zwei Diener die Gräfin hochhoben und ihr durch den Wagenschlag halfen, erblickte Lisaweta Iwanowna unmittelbar am Rad ihren Genieoffizier; er ergriff ihre Hand, sie wußte nicht, was tun vor Schreck; der junge Mann verschwand und ließ einen Brief in ihrer Hand zurück. Sie versteckte ihn in ihrem Handschuh und sah und hörte während des ganzen Weges nichts mehr. Die Gräfin hatte in der Kutsche die Gewohnheit, alle Augenblicke Fragen zu stellen: Wer ist uns da entgegengekommen? Wie heißt diese Brücke? Was steht dort auf dem Schild? Lisaweta Iwanowna antwortete dieses Mal falsch und was ihr gerade in den Kopf kam und verärgerte damit die Gräfin.

»Was ist mit dir, meine Beste! Ist dein Verstand stehengeblieben oder was? Entweder hörst du mich nicht, oder du verstehst mich nicht... Gott sei Dank spreche ich deutlich und habe noch nicht den Verstand verloren!«

Lisaweta hörte nicht auf das, was sie sagte. Nach Hause zurückgekehrt, lief sie auf ihr Zimmer und holte den Brief aus dem Handschuh: Er war nicht versiegelt. Lisaweta Iwanowna las ihn. Der Brief enthielt eine Liebeserklärung. Sie war voller Zärtlichkeit und Ehrerbietung und Wort für Wort einem deutschen Roman entnommen. Aber Lisaweta Iwanowna verstand kein Deutsch und war mit ihr sehr zufrieden.

Doch der Brief, den sie angenommen hatte, beunruhigte sie außerordentlich. Zum erstenmal trat sie in geheime, enge Beziehungen zu einem jungen Mann. Seine Kühnheit entsetzte sie. Sie warf sich ihr unvorsichtiges Benehmen vor und wußte nicht, was tun: Sollte sie aufhören, am Fenster zu sitzen, und durch Nichtbeachten dem jungen Offizier die Lust an weiteren Verfolgungen nehmen? Sollte sie den Brief zurückschicken? Sollte sie kühl entschlossen antworten? Sie hatte niemanden, mit dem sie sich beraten konnte, sie besaß weder eine Freundin noch eine Vertraute. Lisaweta Iwanowna beschloß zu antworten.

Sie setzte sich an ihren kleinen Schreibtisch, nahm Feder und Papier – und verfiel in Nachdenken. Sie begann den Brief mehrere Male – und zerriß ihn immer wieder: Bald erschienen ihr die Ausdrücke zu herablassend, bald zu hart. Schließlich gelangen ihr einige Zeilen, mit denen sie zufrieden war. »Ich bin überzeugt«, schrieb sie, »daß Sie ehrliche Absichten haben und mich durch Ihre unbedachte Tat nicht beleidigen wollten; doch unsere Bekanntschaft hätte nicht auf diese Weise beginnen dürfen. Ich sende Ihnen Ihren Brief zurück und hoffe, daß ich in Zukunft keinen Grund haben werde, mich über unverdienten Mangel an Achtung zu beklagen.«

Als Lisaweta Iwanowna am nächsten Tag Hermanns Nahen bemerkte, stand sie von ihrer Stickerei auf, ging in den Saal, öffnete das Fenster und warf den Brief auf die Straße, sich auf die Behendigkeit des jungen Offiziers verlassend.

Hermann eilte herzu, hob ihn auf und trat in eine Konditorei ein. Als er das Siegel erbrochen hatte, fand er seinen Brief und die Antwort Lisaweta Iwanownas. Dies hatte er auch erwartet, und er kehrte, sehr beschäftigt mit seiner Intrige, nach Hause zurück.

Drei Tage danach brachte eine junge flinkäugige Mamsell aus einem Modegeschäft Lisaweta Iwanowna ein Briefchen. Lisaweta Iwanowna öffnete es voller Unruhe, da sie Geldforderungen vermutete, und erkannte plötzlich die Handschrift Hermanns.

»Sie haben sich geirrt, meine Liebe«, sagte sie, »dieser Brief ist nicht für mich.«

»Nein, er ist für Sie!« antwortete das kecke Mädchen, ohne ein verschmitztes Lächeln zu verbergen. »Lesen Sie ihn bitte!«

Lisaweta Iwanowna überflog den Brief. Hermann forderte eine Zusammenkunft.

»Das kann nicht sein!« sagte Lisaweta Iwanowna, die die Hast der Forderung erschreckte und auch die

Art und Weise, wie er sie vorbrachte. »Dieser Brief ist bestimmt nicht an mich gerichtet!« Und sie zerriß ihn in kleine Stückchen.

»Wenn der Brief nicht für Sie bestimmt ist, warum haben Sie ihn dann zerrissen?« fragte die Mamsell. »Ich hätte ihn demjenigen, der ihn geschickt hat, wieder zurückgebracht.«

»Bitte, meine Liebe!« sagte Lisaweta Iwanowna, die bei dieser Bemerkung rot geworden war. »Bringen Sie mir in Zukunft keine Briefe mehr. Und sagen Sie demjenigen, der Sie geschickt hat, daß er sich schämen sollte...«

Aber Hermann gab nicht auf. Lisaweta Iwanowna erhielt jeden Tag auf die eine oder andere Weise einen Brief von ihm. Sie waren schon nicht mehr aus dem Deutschen übersetzt. Hermann schrieb sie, von Leidenschaft getrieben, und sprach die ihm eigene Sprache: In ihnen kam die Entschlossenheit seiner Wünsche und der Wirrwarr seiner ungezügelten Phantasie zum Ausdruck. Lisaweta Iwanowna dachte gar nicht mehr daran, sie wegzuschicken: Sie berauschte sich an ihnen; sie beantwortete sie – und ihre Briefe wurden stündlich länger und zärtlicher. Schließlich warf sie ihm folgenden Brief aus dem Fenster:

Heute ist Ball bei dem ***ischen Gesandten. Die Gräfin wird dort sein. Wir werden bis gegen zwei Uhr bleiben. Das ist eine Gelegenheit für Sie, mich allein anzutreffen. Sowie die Gräfin fortgefahren ist, werden ihre Leute wahrscheinlich alle weggehen, im Vorraum bleibt zwar der Portier, doch auch er geht gewöhnlich in seine Loge. Kommen Sie um halb zwölf. Gehen Sie geradeaus die Treppe hinauf. Falls Ihnen im Vorzimmer jemand begegnen sollte, so fragen Sie ihn, ob die Gräfin zu Hause sei. Man wird es verneinen – und dann ist nichts zu machen. Sie müssen umkehren. Wahrscheinlich treffen Sie aber niemanden. Die Mädchen halten sich alle in ihrer Stube auf. Aus dem Vorzimmer gehen Sie nach links und dann immer geradeaus bis zum Schlafzimmer der Gräfin. Im Schlafzimmer sehen Sie hinter dem Wandschirm zwei kleine Türen: Die rechte führt ins Kabinett, das die Gräfin niemals aufsucht, die linke in den Korridor, und dort befindet sich auch die schmale Wendeltreppe – sie führt in mein Zimmer.

Hermann zitterte wie ein Tiger, während er die festgesetzte Zeit erwartete. Des Abends, um zehn Uhr, stand er schon vor dem Haus der Gräfin. Das Wetter war abscheulich: Der Wind heulte, feuchter Schnee fiel in großen Flocken hernieder, trübe brannten die Laternen, und die Straßen waren leer. Dann und wann trabte, von einer dürren Mähre gezogen, eine Droschke vorbei, und der Kutscher schaute nach einem späten Fahrgast aus. Hermann hatte nur seinen Rock an und spürte weder Wind noch Schnee. Schließlich fuhr die Kutsche der Gräfin vor. Hermann sah, wie zwei Diener die in einen Zobelpelz gehüllte, gebeugte Alte untergefaßt hinausführten und wie ihr die Pflegetochter in leichtem Mantel und mit frischen Blumen im Haar eilig folgte. Der Wagenschlag klappte zu. Schwerfällig rollte die Kutsche auf dem lockeren Schnee dahin. Der Portier schloß die Tür. Die Fenster wurden dunkel. Hermann spazierte vor dem verlassenen Haus auf und ab. Er ging zu einer Laterne und sah auf die Uhr – es war zwanzig Minuten nach elf. Er blieb unter der Laterne stehen, die Augen auf den Uhrzeiger gerichtet, und wartete die restlichen Minuten ab. Punkt halb zwölf schritt er die gräfliche Freitreppe empor und trat in den hell erleuchteten Vorraum ein. Der Portier war nicht da. Hermann lief die Treppe hinauf, öffnete die Tür zum Vorzimmer und erblickte unter der Lampe einen Diener, der in einem alten, fleckigen Sessel schlief. Mit leichtem und sicherem Schritt ging Hermann an ihm vorbei. Saal und Empfangszimmer waren dunkel. Sie wurden schwach von der Lampe aus dem Vorzimmer erhellt. Hermann trat in das Schlafzimmer. Vor einem mit alten Heiligenbildern angefüllten Schrein brannte ein goldenes Öllämpchen. Sessel und Sofas mit verschossenen Bezügen, Daunenkissen und abgeblätterter Vergoldung standen in trauriger Symmetrie an den Wänden, die chinesische Tapeten bedeckten. Zwei Porträts hingen an der Wand, die Madame Lebrun in Paris gemalt hatte. Auf einem war ein Mann von etwa vierzig Jahren, rotwangig und voll, in hellgrüner Uniform, mit einem Ordensstern auf der Brust, dargestellt, auf dem anderen eine junge Schönheit mit Adlernase, hochgekämmtem Schläfenhaar und einer Rose in der gepuderten Frisur. In allen Ecken standen Porzellanhirten, Standuhren des berühmten Leroy, Schächtelchen,

Roulettescheiben, Fächer und allerlei Spielzeug für Damen, das Ende des vorigen Jahrhunderts zusammen mit dem Ballon der Brüder Montgolfier und dem Mesmerschen Magnetismus erfunden worden war. Hermann trat hinter den Wandschirm. Dort stand ein kleines eisernes Bett, rechts befand sich eine Tür, die in das Kabinett führte, links eine andere, die auf den Korridor ging. Hermann öffnete sie und erblickte die schmale Wendeltreppe, die zum Zimmer der armen Pflegetochter führte... Doch er kehrte um und ging in das dunkle Kabinett.

Die Zeit verging langsam. Alles war still. Im Gastzimmer schlug es zwölf, in allen Zimmern schlugen die Uhren nacheinander zwölf Uhr – und alles war wieder still. Hermann stand an einen kalten Ofen gelehnt; sein Herz schlug gleichmäßig wie bei einem Menschen, der sich zu etwas Gefährlichem, aber Notwendigem entschlossen hat. Die Uhren schlugen die erste und dann die zweite Morgenstunde – und er hörte von fern das Rollen einer Kutsche. Eine unwillkürliche Aufregung überkam ihn. Die Kutsche fuhr vor und hielt. Er hörte das Fallen das Wagentritts. Im Haus wurde es lebendig. Menschen liefen umher, Stimmen ertönten, und das Haus wurde hell. In das Schlafzimmer kamen drei alte Zofen gelaufen, die Gräfin trat, mehr tot als lebendig, ein und sank in einen Voltairesessel. Hermann sah durch einen Spalt: Lisaweta Iwanowna ging an ihm vorüber. Hermann hörte ihre eiligen Schritte auf den Treppenstufen. In seinem Herzen empfand er etwas Ähnliches wie Gewissensbisse, diese Regung ging aber bald vorüber. Er stand, als wäre er von Stein.

Die Gräfin begann sich vor dem Spiegel zu entkleiden. Die mit Rosen verzierte Haube wurde losgesteckt, die gepuderte Perücke von ihrem grauen, kurzgeschorenen Kopf entfernt. Ein Regen von Nadeln ging auf den Boden nieder. Das gelbe, mit Silber bestickte Kleid sank zu ihren geschwollenen Füßen. Hermann war Zeuge der abstoßenden Geheimnisse ihrer Toilette; schließlich stand die Gräfin in Nachtjacke und Schlafmütze da – in diesem Aufzug, der ihrem Alter mehr entsprach, erschien sie weniger schrecklich und häßlich.

Wie alle alten Leute litt die Gräfin an Schlaflosigkeit. Als sie ausgezogen war, setzte sie sich in den Lehnstuhl an das Fenster und schickte die Zofen fort. Die Kerzen wurden hinausgetragen, das Zimmer war wiederum nur von dem Öllämpchen erhellt. Ganz gelb saß die Gräfin da, bewegte die herabhängenden Lippen und schwankte nach rechts und links. In ihren trüben Augen drückte sich völlige Geistesabwesenheit aus; wenn man sie ansah, konnte man denken, daß das Schwanken der furchtbaren Alten nicht auf ihren Willen, sondern auf einen versteckten Galvanismus zurückzuführen sei.

Plötzlich veränderte sich dieses tote Gesicht in unbeschreiblicher Weise. Die Lippen hörten auf, sich zu bewegen, die Augen belebten sich: Vor der Gräfin stand ein unbekannter Mann.

»Erschrecken Sie nicht, um Himmels willen, erschrecken Sie nicht!« sagte er mit eindringlicher und leiser Stimme. »Ich habe nicht die Absicht, Ihnen Schaden zuzufügen, ich bin gekommen, Sie um eine Gnade anzuflehen.«

Die Alte sah ihn schweigend an und schien ihn nicht zu hören. Hermann kam auf den Gedanken, daß sie taub sei, beugte sich unmittelbar an ihr Ohr und wiederholte dasselbe noch einmal. Die Alte schwieg weiterhin.

»Sie können mich«, fuhr Hermann fort, »für mein ganzes Leben glücklich machen, und dies kostet Sie nichts: Ich weiß, daß Sie hintereinander drei Karten erraten können ...«

Hermann verstummte. Die Gräfin, so schien es, hatte begriffen, was man von ihr wollte; sie schien nach Worten für ihre Antwort zu suchen.

»Das war ein Scherz«, sagte sie schließlich. »Ich schwöre es Ihnen! Das war ein Scherz!«

»Damit scherzt man nicht«, entgegnete Hermann ärgerlich. »Erinnern Sie sich an Tschaplizkij, dem Sie geholfen haben zu gewinnen.«

Die Gräfin war sichtlich bestürzt. Ihre Züge drückten eine heftige innere Erregung aus, doch bald verfiel sie wieder in ihre vorherige Lethargie.

»Können Sie mir«, fuhr Hermann fort, »diese drei sicheren Karten nennen?«

Die Gräfin schwieg; Hermann fuhr fort: »Für wen hüten Sie Ihr Geheimnis? Für die Enkel? Die sind auch ohnedies reich; zudem kennen sie den Wert des Geldes nicht. Einem Verschwender helfen Ihre drei

Karten nicht. Wer das väterliche Erbe nicht zu hüten versteht, stirbt in Armut trotz aller noch so dämonischen Bemühungen. Ich bin kein Verschwender, ich kenne den Wert des Geldes. Ihre drei Karten sind bei mir gut aufgehoben. Nun!...«

Er hielt inne und erwartete zitternd ihre Antwort. Die Gräfin schwieg; Hermann kniete nieder.

»Wenn Ihr Herz jemals das Gefühl der Liebe empfunden hat«, sagte er, »wenn Sie sich dieser Wonnen erinnern, wenn Sie nur ein einziges Mal beim Weinen Ihres neugeborenen Sohnes gelächelt haben, wenn sich jemals etwas Menschliches in Ihrer Brust geregt hat, so beschwöre ich Sie bei den Gefühlen der Gattin, der Geliebten, der Mutter – bei allem, was heilig ist im Leben –, schlagen Sie mir meine Bitte nicht ab! Entdecken Sie mir Ihr Geheimnis! Was liegt Ihnen daran?... Vielleicht ist es mit einer entsetzlichen Sünde verbunden, mit dem Verlust der ewigen Seligkeit, mit einem Teufelspakt... Überlegen Sie: Sie sind alt; Sie haben nicht mehr lange zu leben – ich bin bereit, Ihre Sünden auf mich zu nehmen. Entdecken Sie mir nur Ihr Geheimnis. Bedenken Sie, daß sich das Glück eines Menschen in Ihren Händen befindet, daß nicht nur ich, sondern auch meine Kinder, meine Enkel und Urenkel Ihr Andenken segnen und verehren werden wie ein Heiligtum...«

Die Alte antwortete mit keinem Wort.

Hermann erhob sich.

»Alte Hexe!« sagte er und biß die Zähne zusammen. »So werde ich dich zwingen zu antworten...«

Mit diesen Worten zog er eine Pistole aus der Tasche.

Beim Anblick der Pistole geriet die Gräfin zum zweitenmal in heftige Erregung. Sie wackelte mit dem Kopfe und hob den Arm hoch, als wollte sie sich vor dem Schuß schützen... Dann rollte sie auf den Rücken... und blieb unbeweglich liegen.

»Hören Sie mit der Kinderei auf«, sagte Hermann und ergriff ihre Hand. »Ich frage Sie zum letztenmal: Wollen Sie mir Ihre drei Karten nennen? Ja oder nein?«

Die Gräfin antwortete nicht. Hermann sah, daß sie tot war.

IV

7. Mai 18..
Hommes sans mœurs et sans religion!
Aus einem Briefwechsel

Lisaweta Iwanowna saß in ihrem Zimmer, sie hatte noch ihr Ballkleid an und war tief in Gedanken versunken. Als sie nach Hause gekommen war, hatte sie es eilig, das verschlafene Mädchen fortzuschicken, das ihr widerstrebend ihre Dienste anbot – sie sagte, daß sie sich selbst ausziehen werde, ging zitternd auf ihr Zimmer, hoffte dabei, Hermann anzutreffen, und wünschte es auch wieder nicht. Auf den ersten Blick sah sie, daß er nicht da war und dankte dem Schicksal, daß es eine Zusammenkunft verhindert hatte. Sie setzte sich, ohne sich auszuziehen, und rief sich die Umstände in Erinnerung zurück, die sie in so kurzer

Zeit so weit geführt hatten. Nicht einmal drei Wochen waren vergangen seit jenem Tage, an dem sie den jungen Mann zum erstenmal von ihrem Fenster aus gesehen hatte, und schon stand sie im Briefwechsel mit ihm – und schon hatte er ihr Einverständnis zu einer nächtlichen Zusammenkunft erlangt! Sie kannte seinen Namen nur, weil einige Briefe von ihm unterschrieben waren; sie hatte nie mit ihm gesprochen, seine Stimme nicht vernommen, niemals etwas über ihn gehört ... bis zu diesem Abend. Seltsam! Ausgerechnet an diesem Abend schmollte Tomskij auf dem Ball mit Prinzeß Polina ***, weil sie gegen ihre Gewohnheit nicht mit ihm kokettierte, und gab sich aus Rache gleichgültig: Er forderte Lisaweta Iwanowna auf und tanzte mit ihr eine endlose Masurka. Während der ganzen Zeit scherzte er über ihre Vorliebe für Genieoffiziere, beteuerte, daß er bedeutend mehr wüßte, als sie ahne, und einige seiner Scherze waren so geschickt angebracht, daß Lisaweta Iwanowna mehrere Male dachte, er wüßte von ihrem Geheimnis.

»Von wem wissen Sie dies alles?« fragte sie lachend.

»Von dem Freund einer Ihnen bekannten Person«, gab ihr Tomskij zur Antwort. »Er ist ein außerordentlich bemerkenswerter Mensch!«

»Und wer ist dieser bemerkenswerte Mensch?«

»Er heißt Hermann.«

Lisaweta Iwanowna antwortete nichts, doch ihre Hände und Füße erstarrten zu Eis ...

»Dieser Hermann«, fuhr Tomskij fort, »ist ein echter Romanheld: Er hat das Profil eines Napoleon und die Seele eines Mephistopheles. Ich schätze, daß er mindestens drei Verbrechen auf seinem Gewissen hat. Wie blaß Sie geworden sind!«

»Ich habe Kopfschmerzen ... Und was hat Ihnen Hermann, oder wie er hieß, gesagt?«

»Hermann ist sehr unzufrieden mit seinem Freund, er sagt, an seiner Stelle würde er ganz anders vorgehen ... Ich nehme sogar an, daß er selbst einen Blick auf Sie geworfen hat, jedenfalls ist er durchaus nicht gleichgültig, wenn er die verliebten Reden seines Freundes hört.«

»Wo soll er mich denn gesehen haben?«

»In der Kirche vielleicht, oder beim Spazierengehen! ... Weiß der Himmel! Vielleicht in Ihrem Zimmer, als Sie schliefen: Er bringt alles fertig ...«

Drei Damen traten mit der Frage »oubli ou regret« an sie heran und unterbrachen das Gespräch, das für Lisaweta Iwanowna von peinigendem Interesse zu werden begann.

Die Dame, die sich Tomskij erwählt hatte, war Prinzeß*** selbst. Es gelang ihr, sich mit ihm auszusöhnen, indem sie mit ihm eine zusätzliche Tour tanzte und dazu noch vor ihrem Stuhl einen Kreis beschrieb. Als Tomskij auf seinen Platz zurückkehrte, dachte er weder an Hermann noch an Lisaweta Iwanowna. Sie wollte unbedingt das unterbrochene Gespräch wieder aufnehmen; doch die Masurka ging zu Ende, und bald darauf fuhr die alte Gräfin fort.

Die Worte Tomskijs waren nichts anderes als eine

während einer Masurka übliche Unterhaltung, doch sie hatten bei der jungen Träumerin einen tiefen Eindruck hinterlassen. Das Porträt, das Tomskij entworfen hatte, ähnelte dem Bild, das sie sich selbst von ihm gemacht hatte, und dank den neuen Romanen schreckte dieser beinahe schon banale Mensch ihre Einbildungskraft und nahm sie gleichzeitig gefangen. Sie saß da, die nackten Arme kreuzweise verschränkt, den noch mit Blumen geschmückten Kopf auf die entblößte Brust gesenkt... Plötzlich ging die Tür auf, und Hermann trat herein. Sie erbebte...

»Wo waren Sie gewesen?« fragte sie mit ängstlichem Flüstern.

»Im Schlafzimmer bei der alten Gräfin«, antwortete Hermann. »Ich komme gerade von ihr. Die Gräfin ist tot.«

»Mein Gott!... Was sagen Sie da?«

»Und es scheint«, fuhr Hermann fort, »ich bin an ihrem Tod schuld.«

Lisaweta Iwanowna sah ihn an, und sie hörte wieder die Worte Tomskijs: *Dieser Mensch hat mindestens drei Verbrechen auf seinem Gewissen!* Hermann setzte sich neben sie auf das Fensterbrett und erzählte alles.

Lisaweta Iwanowna hörte ihm voll Entsetzen zu. Diese leidenschaftlichen Briefe, diese glühenden Forderungen, diese kühne und hartnäckige Verfolgung, all das war also keine Liebe! Geld – das war es, wonach seine Seele lechzte! Sie konnte seine Wünsche nicht befriedigen und ihn glücklich machen! Die arme Pflegetochter war nichts anderes als das blinde Werkzeug eines Räubers, des Mörders ihrer alten Wohltäterin! Bittere Tränen weinte sie in später, qualvoller Reue. Hermann betrachtete sie schweigend. Auch er litt Qualen, doch weder die Tränen des armen Mädchens noch der erstaunliche Liebreiz ihres Schmerzes berührten sein kaltes Herz. Er empfand keine Gewissensbisse beim Gedanken an die tote Greisin. Eines entsetzte ihn: Der unwiederbringliche Verlust des Geheimnisses, von dem er Bereicherung erwartete.

»Sie sind ein Ungeheuer!« sagte schließlich Lisaweta Iwanowna.

»Ich wollte nicht ihren Tod«, antwortete Hermann. »Meine Pistole ist nicht geladen.«

Beide schwiegen.

Der Morgen brach an. Lisaweta Iwanowna löschte die fast niedergebrannte Kerze aus; fahles Licht erleuchtete das Zimmer. Sie wischte sich die Tränen aus den Augen und hob den Blick zu Hermann: Er saß, die Arme gekreuzt und mit finsterem Blick, auf dem Fensterbrett. In dieser Haltung erinnerte er erstaunlich an das Porträt Napoleons. Diese Ähnlichkeit verblüffte sogar Lisaweta Iwanowna.

»Wie kommen Sie nun aus dem Haus heraus?« sagte endlich Lisaweta Iwanowna. »Ich hatte vor, Sie über die Geheimtreppe zu führen, doch da muß man an dem Schlafzimmer vorbei, und ich fürchte mich.«

»Sagen Sie mir, wie diese Geheimtreppe zu finden ist, und ich gehe.«

Lisaweta Iwanowna stand auf, nahm aus der Kommode einen Schlüssel, reichte ihn Hermann und gab ihm genaue Anweisungen. Hermann drückte ihre kalte, unbewegliche Hand, küßte sie auf den gesenkten Kopf und ging hinaus.

Er ging die Wendeltreppe hinab und trat wieder in das Schlafzimmer der Gräfin. Die tote Alte saß wie versteinert da, ihr Gesicht drückte tiefe Ruhe aus. Hermann blieb vor ihr stehen und sah sie lange an, als wollte er sich von der entsetzlichen Wahrheit überzeugen; schließlich ging er in das Kabinett, fand dort, an der Tapete tastend, eine Tür und ging eine finstere Treppe hinunter, wobei ihn seltsame Gefühle bewegten. Diese gleiche Treppe, so dachte er, ist vielleicht zu dieser Stunde vor sechzig Jahren ein junger Glückspilz in besticktem Rock, à l'oiseau royal frisiert und dem Dreispitz an sein Herz gepreßt, in dieses gleiche Schlafzimmer hochgeschlichen; er ist schon lange in seinem Grab vermodert, und das Herz seiner hochbetagten Geliebten hat heute aufgehört zu schlagen ...

Unterhalb der Treppe fand Hermann eine Tür, die er mit dem gleichen Schlüssel öffnete, und gelangte in einen durchgehenden Korridor, der auf die Straße führte.

V

> In dieser Nacht erschien mir die selige Baronesse von W***. Sie war ganz in Weiß und sagte zu mir: »Guten Tag, Herr Rat!«
>
> *Swedenborg*

Drei Tage nach der verhängnisvollen Nacht, um neun Uhr morgens, machte sich Hermann auf den Weg zum Kloster ***, wo das Totenamt für die verstorbene Gräfin abgehalten werden sollte. Er empfand keine Reue, doch konnte er die Stimme seines Gewissens, die ihm ständig wiederholte: Du bist der Mörder der Alten! nicht vollkommen zum Schweigen bringen. Echten Glauben besaß er kaum, doch war er sehr abergläubisch. Er glaubte, daß die tote Gräfin einen schädlichen Einfluß auf sein Leben ausüben könne – und beschloß, bei ihrem Begräbnis zu erscheinen, um sie um Vergebung zu bitten.

Die Kirche war überfüllt. Hermann drängte sich nur mit Mühe durch die Menschenmenge. Der Sarg stand auf einem kostbaren Katafalk unter einem Samtbaldachin. Die Verstorbene lag darin mit auf der Brust gekreuzten Händen, in einer Spitzenhaube und einem weißen Atlaskleid. Ringsherum stand das Hausgesinde; die Diener in schwarzen Röcken, mit Wappenbändern um die Schulter und Kerzen in der Hand, und die Verwandten – Kinder, Enkel und Urenkel – in tiefer Trauer. Niemand weinte; Tränen wären une affectation gewesen. Die Gräfin war so alt geworden, daß ihr Tod niemanden mehr überraschen konnte und ihre Verwandten sie schon längst als eine Dahingegangene betrachtet hatten. Ein junger Bischof hielt die Grabrede. In einfachen und zu Herzen gehenden Worten schilderte er das friedliche Hinscheiden der Gerechten, für die so viele Jahre eine stille und ergreifende Vorbereitung auf ihr christliches Ende gewesen seien. »Der Todesengel fand sie«, sagte der Redner, »in guten Gedanken wachend und in Erwartung des mitternächtigen Bräutigams.« Der Gottesdienst schloß mit trauriger Würde. Die Verwandten nahmen als erste von der Toten Abschied. Dann näherte sich die Vielzahl der Gäste, um sich vor derjenigen zu verneigen, die so lange an ihren eitlen Vergnügungen teilgenommen hatte. Ihnen folgten alle, die zum Hause gehörten. Schließlich trat eine alte Beschließerin heran, eine Altersgenossin der Verstorbenen. Zwei junge Mädchen stützten sie. Sie war zu schwach, um sich bis zur Erde zu verneigen, und sie allein vergoß einige Tränen, als sie die kalte Hand ihrer Herrin küßte. Nach ihr entschloß sich Hermann an den Sarg zu treten. Er verbeugte sich bis zur Erde und lag einige Minuten auf dem kalten, mit Tannenzweigen bedeckten Boden. Schließlich erhob er sich, bleich wie die Tote, trat auf die Stufen des Katafalks und beugte sich vor ... In diesem Augenblick schien es ihm, daß ihn die Tote belustigt ansah und dabei ein Auge zukniff. Hermann wich jäh zurück, trat fehl und fiel rücklings auf den Boden. Man hob ihn auf. Zur selben Zeit trug man die ohnmächtige Lisaweta Iwanowna aus der Kirche. Dieser Vorfall störte für einige Augenblicke die Feierlichkeit der düsteren Trauerzeremonie. Unter den Besuchern erhob sich ein dumpfes Gemurmel, und ein hagerer Kammerherr, ein naher Verwandter der Verstorbenen, flüsterte dem neben ihm stehenden Engländer ins Ohr, daß der junge Offizier ihr unehelicher Sohn sei, worauf der Engländer kühl erwiderte: »Oh?«

Den ganzen Tag über war Hermann außerordentlich verstimmt. Er aß in einem abgelegenen Gasthaus zu Mittag und trank gegen seine Gewohnheit sehr viel, in der Hoffnung, seine innere Erregung zu betäuben. Doch der Wein erhitzte seine Einbildungskraft noch mehr. Als er zu Hause angelangt war, warf er sich unausgezogen aufs Bett und schlief fest ein.

Er wachte erst in der Nacht auf: Der Mond schien in sein Zimmer. Er sah auf die Uhr, es war drei Viertel drei. Seine Müdigkeit war verflogen, er setzte sich auf das Bett und dachte an das Begräbnis der alten Gräfin.

In diesem Augenblick sah jemand von der Straße zu seinem Fenster herein – und trat sofort zurück. Hermann schenkte dem keinerlei Beachtung. Gleich darauf hörte er, wie die Tür im Vorzimmer geöffnet wurde. Hermann glaubte, es sei sein Bursche, der, wie gewöhnlich, betrunken von einem nächtlichen Bummel zurückkehrte. Doch er vernahm einen unbekannten Schritt: Jemand nahte, leise mit den Pantoffeln schlurfend. Die Tür öffnete sich, und eine Frau in einem weißen Kleid trat ein. Hermann hielt sie für seine alte Amme und wunderte sich, was sie um diese

Stunde zu ihm geführt haben konnte. Doch die weiße Frau glitt näher heran, stand plötzlich vor ihm – und Hermann erkannte die Gräfin.

»Ich bin wider meinen Willen zu dir gekommen«, sagte sie mit fester Stimme, »doch mir ist aufgetragen worden, deine Bitte zu erfüllen. Mit der Drei, der Sieben und dem As wirst du hintereinander gewinnen – doch unter der Bedingung, daß du nicht mehr als eine Karte in vierundzwanzig Stunden setzt und danach dein ganzes Leben nicht mehr spielst. Ich vergebe dir meinen Tod unter der Bedingung, daß du meine Pflegetochter Lisaweta Iwanowna heiratest …«

Mit diesen Worten drehte sie sich lautlos um, ging zur Tür und verschwand, mit ihren Pantoffeln schlurfend. Hermann hörte, wie die Tür in der Diele zuschlug, und sah, daß jemand erneut zum Fenster hereinguckte.

Lange konnte Hermann nicht zur Besinnung kommen. Er ging in ein anderes Zimmer. Sein Bursche schlief auf dem Fußboden; Hermann konnte ihn nur mit Mühe wecken. Wie gewöhnlich, war der Bursche betrunken: Von ihm war nichts zu erfahren. Die Tür zur Diele war verriegelt. Hermann ging in sein Zimmer zurück, zündete eine Kerze an und schrieb seine Vision auf.

VI

»Attendez!«
»Wie können Sie es wagen, zu mir *attendez* zu sagen?«
»Euer Hochwohlgeboren, ich sagte *attendez, mein Herr!*«

Zwei fixe Ideen können in der sittlichen Natur ebensowenig nebeneinander existieren, wie zwei Körper in der physischen Welt ein und denselben Platz einnehmen können. Die Drei, die Sieben und das As verdrängten in Hermanns Phantasie bald das Bild der toten Alten. Die Drei, die Sieben und das As gingen ihm nicht aus dem Kopf, und seine Lippen flüsterten ständig diese Namen. Wenn er ein junges Mädchen sah, sagte er: »Wie schlank sie ist! Eine richtige Cœur-Drei.« Wenn man ihn fragte: »Wie spät ist es?«, so antwortete er: »Fünf Minuten vor der Sieben.« Jeder dicke Mann erinnerte ihn an ein As. Die Drei, die Sieben und das As verfolgten ihn im Schlaf, wobei sie alle möglichen Formen annahmen: Die Drei blühte üppig wie eine große Blume, die Sieben erschien ihm als ein gotisches Tor und das As als eine Riesenspinne. Alle seine Gedanken waren nur auf das eine gerichtet – das Geheimnis, das ihm so teuer zu stehen gekommen war, sich zunutze zu machen. Er dachte daran, seinen Abschied zu nehmen und zu reisen. Er wollte in den öffentlichen Spielhäusern von Paris der bezauberten Fortuna den Schatz entreißen. Allein der Zufall entledigte ihn aller Sorgen.

In Moskau hatte sich eine Gesellschaft reicher

Spieler unter dem Vorsitz des berühmten Tschekalinskij gebildet, der sein ganzes Leben beim Kartenspiel zugebracht und einst Millionen gewonnen hatte, wobei er Wechsel gewann und bares Geld verlor. Durch seine langjährige Erfahrung erwarb er sich das Vertrauen seiner Freunde, während sein gastfreundliches Haus, sein ausgezeichneter Koch, seine Liebenswürdigkeit und Fröhlichkeit ihm die Achtung des Publikums gewannen. Er kam nach Petersburg. Die Jugend strömte ihm zu, sie vergaß die Bälle über den Karten und zog die Reize des Pharao den Versuchungen einer Umwerbung vor. Narumow brachte Hermann zu ihm.

Sie durchschritten eine Reihe prunkvoller Zimmer, in denen viele höfliche Diener herumstanden. Einige Generäle und Geheimräte spielten Whist; die jungen Leute saßen bequem auf den Samtsofas, aßen Halbgefrorenes und rauchten ihre Pfeifen. Im Gastzimmer saß der Hausherr an einem langen Tisch, um den sich ungefähr zwanzig Spieler drängten, und hielt die Bank. Er war ein Mann von etwa sechzig Jahren und sehr würdevollem Äußeren; sein Haupt bedeckte silbernes Haar; sein volles und frisches Gesicht drückte Gutmütigkeit aus; seine Augen glänzten und wurden von einem immerwährenden Lächeln belebt. Narumow stellte ihm Hermann vor. Tschekalinskij drückte ihm freundschaftlich die Hand, bat, sich nicht zu genieren, und fuhr fort, die Bank zu halten.

Die Taille dauerte lange. Auf dem Tisch lagen mehr als dreißig Karten.

Tschekalinskij hielt nach jedem Wurf inne, um den Spielern Zeit zu geben, ihre Anordnungen zu treffen, schrieb die Verluste auf, hörte höflich auf ihre Forderungen und strich noch höflicher eine überflüssige Ecke glatt, die eine zerstreute Hand eingebogen hatte. Endlich war die Taille beendet. Tschekalinskij mischte die Karten und bereitete sich auf die nächste vor.

»Gestatten Sie mir, eine Karte zu setzen«, sagte Hermann und streckte seine Hand hinter einem dikken Herrn hervor, der dort gerade pointierte. Tschekalinskij lächelte und verbeugte sich schweigend zum Zeichen seines ergebenen Einverständnisses. Narumow gratulierte Hermann lachend zur Beendigung seines langjährigen Fastens und wünschte ihm einen glücklichen Anfang.

»Bitte!« sagte Hermann und schrieb mit Kreide eine hohe Summe über seine Karte.

»Wieviel?« fragte der Bankhalter und kniff die Augen zusammen. »Entschuldigen Sie, ich kann es nicht erkennen.«

»Siebenundvierzigtausend«, antwortete Hermann.

Bei diesen Worten fuhren alle Köpfe jäh herum, und die Augen aller richteten sich auf Hermann. Er ist wahnsinnig geworden! dachte Narumow.

»Gestatten Sie mir zu bemerken«, sagte Tschekalinskij mit unveränderlichem Lächeln, »daß Ihr Spiel sehr hoch ist: Hier hat noch niemand mehr gesetzt als zweihundertfünfundsiebzig simple.«

»Nun und?« entgegnete Hermann. »Nehmen Sie das Spiel an oder nicht?«

Tschekalinskij verbeugte sich mit derselben Miene ergebenen Einverständnisses.

»Ich wollte Sie nur darauf hinweisen«, sagte er, »daß ich, da mich meine Freunde ihres Vertrauens würdigen, nur gegen bares Geld spielen kann. Ich meinerseits bin natürlich überzeugt, daß Ihr Wort genügt, doch um der Ordnung beim Spiel und beim Rechnen willen bitte ich Sie, das Geld auf die Karte zu legen.«

Hermann nahm aus seiner Tasche eine Banknote und reichte sie Tschekalinskij, der sie flüchtig besah und auf die Karte Hermanns legte.

Er begann zu spielen. Rechts fiel eine Neun, links eine Drei. »Gewonnen!« sagte Hermann und zeigte seine Karte.

Unter den Spielern erhob sich ein Flüstern. Tschekalinskij zog die Brauen zusammen, doch das Lächeln kehrte sofort auf sein Gesicht zurück.

»Gestatten Sie, daß ich Ihnen das Geld gebe?« fragte er Hermann.

»Seien Sie so freundlich.«

Tschekalinskij zog einige Banknoten aus der Tasche und rechnete mit ihm ab. Hermann nahm sein Geld in Empfang und ging vom Tisch fort. Narumow konnte sich immer noch nicht fassen. Hermann trank ein Glas Limonade und machte sich auf den Heimweg.

Am Abend des nächsten Tages erschien er wieder bei Tschekalinskij. Der Hausherr hielt die Bank. Hermann trat an den Tisch heran; die Spieler machten ihm sofort Platz. Tschekalinskij verbeugte sich liebenswürdig vor ihm.

Hermann wartete eine neue Taille ab, setzte eine Karte und legte seine siebenundvierzigtausend und den gestrigen Gewinn darauf.

Tschekalinskij begann zu spielen. Der Bube fiel nach rechts, die Sieben nach links.

Hermann deckte die Sieben auf.

Alle stießen einen Schrei aus. Tschekalinskij war sichtlich betroffen. Er zählte vierundneunzigtausend ab und gab sie Hermann. Hermann nahm sie kaltblütig entgegen und entfernte sich im selben Augenblick.

Am folgenden Abend erschien Hermann wieder am Spieltisch. Alle erwarteten ihn. Generäle und Geheimräte verließen ihren Whist, um dieses ungewöhnliche Spiel zu sehen. Die jungen Offiziere sprangen von den Sofas auf, sämtliche Diener versammelten sich in dem Gästezimmer. Alle umringten Hermann. Die übrigen Spieler setzten ihre Karten nicht und warteten voller Ungeduld auf den Ausgang des Spiels. Hermann stand am Tisch und bereitete sich darauf vor, allein gegen den bleichen, doch ständig lächelnden Tschekalinskij zu pointieren. Jeder öffnete ein Kartenspiel. Tschekalinskij mischte. Hermann hob ab, setzte seine Karte und bedeckte sie mit einem Bündel Banknoten. Es sah aus wie ein Zweikampf. Tiefes Schweigen herrschte ringsum.

Tschekalinskij begann zu spielen, seine Hände zitterten. Rechts fiel eine Dame, links ein As.

»As hat gewonnen!« sagte Hermann und deckte seine Karte auf.

»Ihre Dame ist geschlagen«, sagte Tschekalinskij liebenswürdig.

Hermann fuhr auf: In der Tat, statt des Asses lag vor ihm die Pique Dame. Er traute seinen Augen nicht, er verstand nicht, wie er sich hatte irren können.

In diesem Augenblick schien ihm, daß die Pique Dame ein Auge zukniff und höhnisch lächelte. Die ungewöhnliche Ähnlichkeit verblüffte ihn...

»Die Alte!« schrie er voller Entsetzen.

Tschekalinskij strich die verlorenen Banknoten ein. Hermann stand unbeweglich da. Als er vom Tisch fortging, erhob sich eine laute Unterhaltung. »Herrlich pointiert hat er!« sagten die Spieler. Tschekalinskij mischte von neuem die Karten: Das Spiel nahm seinen Fortgang.

Epilog

Hermann ist wahnsinnig geworden. Er sitzt im Obuchow-Krankenhaus, Zimmer 17, antwortet auf keinerlei Fragen, und murmelt ungewöhnlich schnell: Drei, Sieben, As! Drei, Sieben, Dame!...

Lisaweta Iwanowna hat einen sehr netten jungen Mann geheiratet; er dient irgendwo und hat ein ordentliches Vermögen: Er ist der Sohn des ehemaligen Verwalters der Gräfin. Bei Lisaweta Iwanowna wird eine arme Verwandte erzogen.

Tomskij ist zum Rittmeister befördert worden und heiratete Prinzeß Polina.

Zu dieser Ausgabe

Die Erzählungen des verstorbenen Iwan Petrowitsch Belkin (Originaltitel: Povesti pokojnogo Ivana Petroviča Belkina, 1831)
Pique Dame (Originaltitel: Pikovaja dama, 1833)
Aus dem Russischen von Michael Pfeiffer.
In: Alexander Puschkin, Gesammelte Werke in sechs Bänden, hg. v. Harald Raab. Insel Verlag Frankfurt am Main 1973.